KB263623

노빠꾸
상여자의
벨기에
생존기

노빠꾸 상여자의 뻴기에 생존기

송영인 지음

뜨겁고 치열하게 달린 17년

꿈꾸는인생

글로 남기게 된 이유

기차가 플랫폼으로 들어왔다. 여기저기 그라피티가 그려져 있는 꼬질꼬질한 구닥다리 기차. 그 위에 적힌 'B'라는 벨기에 국철 표시를 보니 너무도 반가웠다. 나 홀로 네덜란드 여행을 마치고 국제 기차를 기다리던 중이었다.

네덜란드에선 내 네덜란드어 억양을 신기해하며 내가 벨기에에서 온 것을 단번에 알아차렸고, 나는 호기심으로 가득 찬 그들의 질문세례를 받았다. 내가 살고 있는 남의 나라의 옆 나라에서 나는 벨기에의 찰진 사투리를 구사하는 '플랜더스■ 여자'로 불렸다. 눈이 그렁그렁한 벨기에인을 만나 폭풍 같은 연애 끝에 이 이상한 나라, 벨기에로 살러 온 것이 어제 일처럼 생생한데 말이다.

■ 네덜란드어를 사용하는 지역으로 브뤼셀을 기점으로 벨기에의 북부지역을 말한다. 프랑스어를 사용하는 벨기에의 남부지역은 왈로니아(프랑스어로는 왈롱Wallon)라고 부른다.

17년 전, 벨기에로 향하는 비행기 안에서 어떻게 살아야 할지 막막해 통곡하던 여자는 이제 벨기에로 가는 기차를 보고 반가움에 울컥하는 여자가 되었다. 내가 좋아하는 일과 살가운 친구들이 있고, 나를 똑 닮은 1호와 황소 눈의 드러머를 똑 닮은 2호, 그리고 오리지널 황소 눈이 있는 벨기에로 가는 기차가 이리 반가울 수가 없다.

똥인지 된장인지 찍어 먹어 보아야 아는 나는 궁금한 것도 많아 사건, 사고를 달고 다닌다. 지루할 틈 없이 사는 나에게 어느 날 동생이 말했다. "누나의 이야기를 글로 써 보는 건 어때? 사람들이 재미있어할 것 같은데."

남의 말을 잘 안 듣기는 해도 먼 미래에 혹시 일어날지 모를 일에 대한 대비는 필요하다고 생각하는 편이다. 아기 돼지 삼 형제의 막내 같은 사람인데, 그런 나에게 그 말이

흥미롭게 느껴졌다.

'나중에 치매에 걸려서 벨기에에서 어떻게 살아왔는지 잊으면 어쩌지? … 그래, 글로 남기면 되겠다!'

남들이 보기엔 꽤나 엉뚱한 의식의 흐름 같겠지만, 나는 진지했다. 혹여라도 그런 날이 오면, 아들에게 내가 쓴 글을 기억의 문을 여는 열쇠로 나에게 보여 주라고 할 생각이었다. 이왕이면 나 혼자 간직하기보다는 다른 누군가가 재미있게 읽어 주길 바랐고, 그래서 브런치라는 글쓰기 플랫폼에 글을 쓰기 시작했다. 그러던 어느 날, 꿈꾸는인생 출판사로부터 메일을 받았다. 함께 책 작업을 해 보지 않겠냐고.

먼저 이름이 마음에 들었다. '꿈꾸는인생'이라니. 꿈을 찾아 벨기에에서 보낸 시간들을 꿈꾸는인생이라는 출판사를 통해 풀어 낸다라…. 호기심이 발동해 출판사에 대해 좀 더 찾아보았다. 벨기에에서의 내 17년 여정을 누구보다도 잘 이해해 줄 출판사 같았다. 그리고 바람 잘 날 없던 해외 살이 덕분에 발달한 내 촉은 이번에도 적중했다. 책을 만드는 일과 꿈을 찾는 일에 이토록 진심인 출판사와 함께 작업할 수 있어 매 순간 감사했다.

그리고 지금, 또 하나의 감사를 미리 전하고 싶다. 바로 남의 나라에서 꿈을 좇아 살아가는 보통 사람의 이야기를 들어 주실 독자님께. 나의 이야기가 다양한 삶의 자리에 닿아 웃음과 위로와 소망이 된다면 참 좋겠다.

“아들, 엄마 글 따로 프린트 안 해도 돼! 엄마의 이야기가 책으로 나왔어!”

목차

Inhoud

1부

국제결혼한 여자 말고 보통의 사람 되기

Een gewoon mens worden in plaats van een buitenlandse vrouw

유교 집안 장녀와 벨기에 드러머

나는 어학연수나 외국 경험이라고는 아예 없는 한국 토박이였다. 서울에서 태어나 초등학교 때 한 지방 도시로 이사를 가서는 초, 중, 고, 대학까지 그곳에서 다녔다. 21세기에 조선시대 멘탈을 가진, 장남의 장남의 장남의 장남인 아버지로 인해 남의 집에서 잠 한번 자 본 적이 없었고, 대학 때 통금 시간은 오후 8시였다. 과 엠티조차 가 보지 못한 나는 우리 과에서 '집 엄한 애'로 유명했다. 아버지가 여자 직업으로는 최고라던 선생님이 되기 위해 교육대학원에 들어가고 나서야 나는 집을 떠나 서울로 올 수 있었다. 사실을 고하자면, 대학원에 합격한 것보다 8시 이후에도 약속을 잡을 수 있는 자유가 생긴 것이 기뻤다.

　서울살이 1년 차 어느 날, 사촌 동생과 술 한잔하려고 들어간 대학로의 주점에서 한 무리의 외국인을 만났다. 우리 옆 테이블에 앉은 이들이었는데, 아무 생각이 없던 나와 달리 호기심과 용기로 무장한 사촌 동생은 냅다 "웨얼 알유 프롬"을 던졌고, 그가 할 수 있는 영어는 거기까지였다. 조선 멘탈 아버지가 반대해 어학연수는 가지 못했어도 모 회화학원에서 갈고닦은 실력 덕에 나는 영어 몇 마디쯤은 할 수 있었다. 모르는 사람한테 말 거는 건 딱 질색이었지만 내 얼굴을 바라보는 사촌 동생을 외면할 수 없어 그의 개인 통역사가 되어 주었다. 그들은 유럽 여러 국가에서 모인 현대무용단이었고, 인터내셔널 아트 페스티벌 참가차 한국에 왔다고 했다. 주로 이야기를 나눈 사람은 공연에서 타악기를 담당하는 드러머였다. 어디더냐, 저쪽, 유럽의 유명한 나라들 사이에 낀 벨기에라던가 뭐라던가. 그들은 다음 날 공연에 우리를 초대했다.

　사촌 동생과 20분이 넘는 전화 실랑이 끝에, 귀찮은 몸을 일으켜 공연장으로 향했다. 기대 없이 관람한 공연은 현대무용과 타악기가 어우러진, 에너지 넘치는 멋진 공연이었다. 내가 누구인가, 조선 멘탈 아버지의 딸이 아니겠는가. 뭔가를 받았으면 감사 인사는 해야 하는 법. 공연장 직원에게 핸드폰 번호를 남겼다. 적어도 감사 표시는 말로 하는 것이 사람의 도리라 생각했다.

누렁이 황소의 눈을 한 벨기에 드러머에게서 같이 식사를 하자는 연락이 왔다. 초대에 대한 감사 인사를 하려 했으니 당연히 사촌 동생도 데리고 나갔다. 그런데 약속 장소에 도착한 벨기에 드러머의 표정이 어째 만족스럽지가 않다. 나중에 들은 이야기지만, 그는 사촌 동생도 나와 있어서 깜짝 놀랐다고 했다. 그것이 우리의 첫 데이트였다, 나는 데이트라 생각도 하지 않았던.

이후 공연 아티스트와 스태프들의 애프터 파티에도 나는 사촌 동생을 데리고 다녔다. 만취 상태가 된 동생은 남아서 술을 더 마시겠다고 했고, 나와 벨기에 드러머는 낙산공원에서 서울의 야경을 내려다보며 이야기꽃을 피웠다. 다음 날 벨기에로 돌아간다는 그를 나는 시절 인연, 그것도 아주 잠깐 스쳐 지나가는 인연쯤으로 생각했다. 스물두 살의 내 꿈은 해외출장 많이 다니는 멋있는 커리어우먼이었는데, 나중에 혹시 유럽에 출장 가면 만날 사람 하나 생겼다고 생각할 뿐이었다. 메일 주소를 교환하고, 언젠가 유럽에서든 한국에서든 다시 보자고 인사했다. 벨기에 드러머는 와플로 유명한 그의 나라로 돌아갔다.

그리고 얼마 후 그에게서 메일이 왔다. 한국에 오고 싶다고, 그래서 다시 한국행 티켓을 끊었다고. 연애 한번 제대로 해 본 적 없는 유교 집안의 장녀는 생각했다. '한국이 그렇게 좋았나? 정말 재미있었나 보다.' 연애의 시그널을 잘 이해하려면 연애를 많이 해 봐야 한다. 연애도 해 본 놈이 잘한다. 벨기에 드러머가 나를 보러 오는 것임을 나는 나중에야 알았다.

너 같은 자식 둔 적 없다

지구 반대편에서 누군가가 나를 보러 온다는 사실에 심장이 쿵쾅쿵쾅 뛰었다. 공항으로 마중 나간 나는 큼지막한 눈을 가진 그를 보자 한없이 반가웠고, 우리는 서울 곳곳을 함께 돌며 지난번에 하지 못했던 데이트다운 데이트를 이어 갔다. 그 두 번째 방문에서 우리는 롱디 커플이 되었다.

몇 개월 후 또 한국에 온 그가 벨기에로 돌아갈 날이 가까워지자 물었다. "왜 너희 부모님을 나한테 소개해 주지 않는 거야?" (벨기에에서는 사귀는 사람의 부모를 만나는 것이 우리나라에서처럼 대단한 일이 아니다.) 그 말을 듣는 순간, 나의 조선 멘탈 아버지가 떠올랐다. 아버지가 알면 뭐라고 하실까? 아버지가 알게 되셨을 때 어떤 일이 벌어질지 너무 두려웠다. 일단 지금은 불가능하다고 대답했다.

얼마 지나지 않아 우리는 또다시 한국에서 만났고, 그가 돌아간 이후에 이번엔 내가 한 달 계획으로 와플국을 방문했다. 대학 때 연애 한번 제대로 못해 본 나는 큰 사달이 날 연애를 하고 있었다. 당시 대학원을 다니며 일도 하고 있었는데, 회사에서 일주일 이상 휴가를 내 주지 않자 '에라 모르겠다' 하고 회사를 그만두고는 벨기에로 떠난 것이다. 무슨 배짱이었는지, 나는 아직도 그때의 나를 이해할 수 없다.

벨기에에 온 지 3주쯤 되었을 때, 로밍해 온 휴대폰이 울렸다. 회사였다.

"아버님께서 사무실로 전화를 하셨습니다. 그래서 지금 자리에 없는데 전화 왔었다 전해 드리겠다고 했습니다. 더 이상 회사로 전화 오지 않도록 잘 해결하십시오. 회사를 그만뒀다는 말은 하지 않았습니다."

아무래도 아버지가 이상한 낌새를 느낀 것 같았다. 생각해 보니 이번 달 월세를 안 냈다. 하아, 집주인 아주머니가 아버지께 전화를 한 모양이었다. 바로 아버지에게 전화를 해서는 깜빡했다고, 내일 내겠다고, 그리고 이번 주말에 집에 내려가겠다고 하고는 서둘러 전화를 끊었다. 언제까지 숨길 수 있을지는 모르겠지만 아직은 아버지가 알면 안 되었다. 머리가 밀린 채로 집에 감금당하는 장면이 머릿속을 스치고 지나갔다. 걸릴 때까지 숨기자. 말을 하지 않으면 안 될 상황일 때까지 함구하는 것으로 결론을 내렸다.

회사에서 걸려 온 전화로 가슴이 철렁했지만, 월세도 해결했고 급한 불도 껐으니 문제될 게 없었다. 나는 마음 놓고 여행을 즐겼다. 멀리 있어 더 애틋했던 그가 내 옆에 있다는 것만으로도 행복했고, 이국적인 풍경들로 가득한 중세도시는 아름다웠다. 벨기에라는 무릉도원에서 복숭아를 먹는 대신 맥주를 마시며 다시 돌아가야 한다는 사실마저 잊을 정도로 꿈같은 시간을 보냈다.

그런데 한국으로 돌아가기 이틀 전, 갑자기 열이 나기 시작했다. 해열제를 먹었는데도 열은 떨어지기는커녕 계속 올랐다. 39.8도. 정신이 혼미했고 몸에 힘이 하나도 들어가지 않았다. 벨기에 드러머는 나를 둘러업고 병원 응급실로 갔다. 신장염이었다.

"일주일 정도 입원해야 합니다."

청천벽력 같은 소식이었다. 의사에게 이틀 뒤에 비행기

를 타야 한다고 하자, "의사로서 당신이 비행기를 타는 것을 허락할 수 없습니다"라는 답이 돌아왔다. 그렇다면 나는 이번 주말에 본가에 갈 수 없다는 것이고, 아버지는 수상함을 눈치챌 것이 분명했다. 잔머리를 이리저리 굴려 봐도 방법이 없었다. 때가 온 것이다. 모든 것을 이실직고해야 할 때가 오고야 말았다.

결국 아버지에게 모든 것을 털어놓기로 마음먹었다. '에라, 모르겠다'로 일관하기엔 너무 멀리 와 버렸다. 그런데 전화로 전하기엔 너무 큰일이었다. 많이 무서웠다. 아버지의 불같은 성격을 알기에 차분히 메일을 쓰기로 했다. "아버지, 드릴 말씀이 있어요"로 시작해, 월급 꼬박꼬박 주던 회사를 그만뒀고, 지금 한국이 아니고, 와플이 유명한 벨기에란 나라에서 여행 중이며, 이 모든 것은 벨기에인 남자친구가 있어서 벌어진 일이고, 신장염에 걸려서 일주일째 병원에 입원해 있다고, 그래서 "한국에 못 갈 것 같습니다. 죄송합니다"라고….

그런데 산 넘어 산이었다. 겨우 작성한 메일을 보낼 용기가 나지 않았다. 나름 머리를 짜내 찾은 방법이 당시 고등학생이던 남동생에게 부탁하는 것이었다. "제발 부탁인데 내 메일 인쇄해서 아버지에게 잘 말씀드리고 전해 줄래?” 나도 이렇게 무서운데 나보다 어린 동생은 얼마나 무서웠 겠는가. 다음은 동생이 전한 이야기다. 아침 밥상에 인쇄한 종이를 올려놓은 동생은 “누나가 이거 아버지 읽어 보시래 요” 하고는 부연 설명 없이 빛의 속도로 자리를 피했고, 아 버지는 편지를 읽으며 점점 얼굴을 일그러뜨리시다가 젓가 락을 던져 장판 위에 꽂히게 하는 신기를 보여 주셨다고.

벨기에 드러머에게 아버지가 젓가락으로 장판을 뚫어 버린 이야기를 들려주며, 한국으로 돌아가 일단 찾아뵙고 자초지종을 말씀드리겠다고 했다.

입원으로 조정했던 귀국일이 다시 이틀 뒤로 다가왔다. 벨기에 드러머는 눈물이 그렁그렁한 소눈으로 한참 내 얼굴 을 쳐다보다 말했다.

“결혼하자. 너 이대로 가면 우리 다시 못 볼지도 몰라. 결혼할 사이라고 말이라도 해야 네가 여기까지 온 걸 너희 아빠도 이해해 주시겠지. 어차피 우리가 계속 왔다 갔다 할 수는 없어. 이참에 결혼해서 한국이든 벨기에든 같이 있자. 내가 한국으로 가서 살면 어떨지 생각을 해 봤어. 넌 어떻게 생각해?”

나와 함께하기 위해 벨기에에서의 삶을 포기하고 한국에서 사는 것을 고려했다는 말에 그의 진심이 느껴졌다. 내가 누군가에게 소중한 사람이 되었음을 실감했다. 그리고 그가 나를 위해 한국으로 오는 것까지 고려하고 있다면 내가 벨기에로 가는 것도 못할 일은 아니지 않을까 싶었다. 마음은 들뜨고 행복했지만 머리로는 그 어느 때보다도 냉철하게 그가 한국에 오는 것과 내가 벨기에로 가는 것의 장단점을 비교했다. 그는 한국어를 하지 못하고 나는 영어를 할 수 있다. 언어만 놓고 생각했을 때, 내가 영어가 곧잘 통하는 벨기에로 가는 것이 나아 보였다. 게다가 그는 나보다 일곱 살이 많고, 이미 공부를 다 마치고 음악학교에서 학생들을 가르치고 있었으며, 음악 활동을 위한 네트워크도 모두 벨기에에 있었다. 새로운 환경에서 적응하고 밥벌이를 하기까지 걸릴 시간을 생각해도 어린 내가 가는 것이 나았다. 처음부터 다시 시작하는 어려움을 버텨 낼 시간적 여유가 나에게 더 많았다. 나는 그렇게 그와 결혼해 벨기에에서 살기로 마음을 먹었다.

이런저런 생각 속에서 '결혼 승낙 받기'라는 크나큰 임무를 안고 한국에 도착했다. 그리고 이틀 후, 나는 본가로 향했다. 집 앞에 도착하고도 한 20분은 문 앞에 서서 하늘을 봤다, 땅을 봤다 하기를 무한 반복했다. 아무리 생각해도 부딪히는 것 외에는 답이 없었다. 용기를 내어 문을 열고 들어섰고, 아버지는 내 얼굴에 분노의 사자후를 날리셨다.

"어디라고 네가 지금 여길 와! 나는 자식 하나 없는 셈 치려니 여기 앞으로 오지 마! 나는 너 같은 자식 둔 적 없다!!!"

마음이 무너져 내렸다. 아버지가 화를 내실 줄은 알고 있었지만, 내 이야기를 조금도 안 듣고 바로 내쫓으실 줄은 몰랐다. 떨고 있는 나를 보며 어머니가 뒤에서 손짓하셨다.

"지금은 아버지가 화가 많이 나셨으니까 오늘은 그냥 가. 내가 아버지랑 얘기해 볼게."

나의 본가 방문은 그렇게 5분도 안 되어 끝이 났다.

며칠 후 어머니에게 전화가 왔다.

"어떻게 지내고 있니? 아버지가 와서 얘기 좀 하자고 하신다. 언제 올 수 있니?"

백수였던 나는 바로 본가에 내려갔다. 아버지는 내 얼굴을 보자마자 단도직입적으로 물으셨다.

“그 남자는 어떻게 만났냐?”

“사촌 동생이랑 대학로에서 술 한잔하다가 우연히 만났고, 지금까지 몇 번이나 저를 보러 한국에 왔고요, 청혼받았어요.”

아버지가 혹시라도 안 들으실까 봐 숨도 쉬지 않고 말을 이어 갔다.

“뭐 하는 놈인데?”

“드러머예요.”

벨기에 드러머와 조선 선비의 만남

아버지의 머릿속 드러머는 아마도 문신이 온몸에 새겨져 있고 귀걸이에 코걸이까지 한 장발의 락커 같은 모습이었을 것 같다. 게다가 나이 든 세대에게 드러머는 먹고살 수나 있을지 모르는 딴따라였을 것이다. 그러나 황소 눈의 벨기에 드러머는 문신도 없고 머리도 길지 않았다. 아주 평범한 외모에 아주 평범한 패션 센스를 가졌고, 공립 음악학교에서 재즈 앙상블을 가르쳤다. 그의 직업을 듣자마자 아버지의 심기가 불편해 보여 나는 급히 덧붙였다.

"드러머이긴 한데 학교 선생님이에요, 공무원이요."

교육자를 최고로 치는 조선 멘탈 아버지의 얼굴에 약간

의 화색이 돌았다. 그간 어머니의 설득 작전, 미션 임파서블이 그녀의 엄청난 노력을 통해 미션 파서블이 되어 가는 중이었다.

"걔가 좋은 이유가 뭐냐?"

아버지의 말을 거스른 적이 없었던 나는 이번에는 하고 싶은 말을 하기로 결심했다. 아주 오랫동안 마음에 담아 두고 하지 못한 그 말을 결국 내뱉고야 말았다.

"아버지랑 달라서요. 아버지같이 꽉꽉 막힌 사람이 아니라 좋아요."

아버지는 한참 말이 없으셨다. 그리고 밖으로 나가셨다. 나중에 듣기로, 아버지는 그날 내 말에 적잖이 충격을 받고 술을 엄청 드셨다고 한다.

다음 날, 나는 아버지와 다시 대면했다.

"걔는 한국에 또 언제 오는데? 그때 한번 데려와 봐."

아버지는 달갑지 않은 표정으로 말씀하셨다. 벨기에 드러머가 그토록 바라던 부모님을 만나는 자리가 드디어 만들어지게 되었다. 그에게 소식을 전했고, 그는 나의 부모님을 만난다는 기대에 부풀었다. 그가 어떤 기대를 하는지는 모르겠으나, 부모님이 버선발로 뛰어나와 환영할 것 같지는 않으니 마음의 준비를 시켜야 했다. 기대가 크면 충격이 큰 법이다. 한국에서는 결혼 승낙을 받으러 갈 때 양복을 입는다는 것도 알려 주었다. 캐주얼하게 청바지를 입고 "헤이, 하이" 하는 분위기가 아닌 것을 확실히 해 두어야 했다. 이미 몇 번의 한국행으로 돈 몇 푼 남지 않은 드러머는 있는 돈 없는 돈 다 털어 양복과 비행기표를 샀고, 이번엔 내가 아닌 우리 부모님을 만나러 한국에 왔다.

드디어 결전의 날. 나는 새것 티가 풀풀 나는 양복 차림의 벨기에 드러머와 함께 본가에 도착했다. 이 문을 열고 나면 돌이킬 수 없었다. 안에서 무슨 일이 일어날지 몰라 두려웠지만 후퇴는 나의 계획에 없으므로 일단 초인종을 눌렀다. "딩동" 소리와 함께 심박수가 미친 듯이 올라가는 것이 느껴졌다. 그는 준비가 되어 있을까? 나는 긴장감에 입이 바짝 마르는데, 슬쩍 그의 얼굴을 보니 세상의 모든 평안을 가진 것 같았다.

그와 함께 문을 열고 들어갔고, 우리는 감정단과 마주했다. 마치 TV쇼 〈진품명품〉 속 장면처럼 맨 왼쪽에 아버지가 서 있고, 그 옆으로 남자 친척 어르신들이 일렬로 서 계셨다. 그리고 그 뒤에서 여자 친척 어르신들이 다소곳이 인사를 하셨다. 아버지가 앞으로 나와 그에게 손을 내밀며 악수를 청하셨다. 흡사 면접관이 응시자에게 보내는 것과 같은 인사였다.

"한국전쟁 때 우리나라를 위해 벨기에 군인들이 와서 도와줬기에 우리가 이만큼 먹고살 수 있게 되었네. 감사하네. 그렇지만 내 딸이 자네와 결혼하면 우리 집안의 순수한 혈통이 끊어지게 되어 매우 유감이네."

이것이 아버지가 벨기에 드러머에게 건넨 첫마디였다. 어째 순탄하게 흘러가나 했더니 순수 혈통까지 나와 버렸다. 나치 독일이 패망한 제2차 세계 대전 이후, 유럽에서는 '순수한 혈통' 따위를 언급하는 것은 쇠고랑감이다. 모든 대화는 내가 중간에서 통역을 해야 했으므로 검열 후 수정이 가능했지만, 나는 곧이곧대로 아버지의 말을 전했다. 적당히 상황 봐 가며 좋게 오가는 말만 전해도 되었을 것을 누가 그 아버지에 그 딸 아니랄까 봐 나도 아버지만큼이나 고지식하다.

벨기에 드러머는 아버지의 첫 번째 발언에 이미 멘탈이 너덜너덜해진 것 같았다. 이후 남자 어른들로 이루어진 감정단이 돌아가며 질문을 던졌다. "느그 아버지 뭐하시노?" 는 디폴트로 깔고, 호구 조사로 시작해 벨기에의 GDP는 얼마 정도 되는지까지로 나아갔다. 그리고 질문의 하이라이트는 벨기에의 GDP와 비교했을 때 너의 월급은 상위 혹은 하위 몇 프로에 해당하냐였다. 이 처음 보는 호랑말코 같은 놈이 내 딸을 데리고 가서 굶기지는 않을지 알아보려 하셨을 것이다.

그날의 마지막은 술버릇 테스트였다. 그런데 주는 대로 받아 마시는 놈보다 아버지가 먼저 취하는 바람에 "나 들어가서 자야겠다"라는 말을 남기고 아버지는 퇴장하셨다. 테스트는 통과한 것 같았다.

항상 여유 만만하고 스트레스라고는 받아 본 적이 없는 벨기에 드러머도 한국의 사윗감 테스트에는 두 손 두 발 다 들고 말았다. 이렇게 우리는 결혼 허락을 받아 냈다. 심장이 뛰고 식은땀이 삐질삐질 났던 하루를 마치며, 그는 나중에 딸을 낳으면 똑같이 되돌려줄 것이라고 했고, 이후 이날의 경험은 그의 친구들이 지겹도록 듣는 레파토리가 되었다.

일주일 후 그는 다시 벨기에로 돌아갔다. 예식장 예약,

청첩장 제작, 한복 맞추기까지 나 홀로 결혼식을 준비했다. 결혼을 하는데 그래도 가족끼리 얼굴은 봐야 했기에 결혼식 일주일 전, 한국에 오신 시부모님과 번갯불에 콩 볶듯 급하게 상견례를 치렀다.

천신만고 끝에 결혼식은 무사히 끝났다. 그리고 결혼식 날 아침, 어머니는 나에게 직접 쓴 손편지를 건넸다. 그 편지는 와플로 유명한 나라에서 속상할 때마다 꺼내 보는 마법의 종이가 되었다.

딸아,

황소눈이랑 싸우지 말고 행복하게 살아라.

알아듣지도 못하게 얘기하는 것이 서운하고 속상하지만,

네가 행복하고 좋아하는 것이 나도 좋단다.

나는 너와 함께한 시간을 잊지 못할 거야.

멀리 떠나보내는 것도 마음이 아프고 속상하단다.

벨기에 가서 잘 살고 성질부리지 말고 살아.

- 엄마가

Bye

　이제 이민 서류를 준비해야 했다. 서류 준비가 결혼식 준비보다 더 팍팍했다. 왜 이리도 준비해야 하는 서류는 많고 오가야 하는 곳도 많은지. 관광이 아니라 결혼 이민이기에 준비해야 할 서류가 너무나 많았다. 할 일이 너무 많아서 오히려 한국을 떠난다는 것이 실감이 나지 않았다. 앞으로 와플 말고는 아는 게 없는 나라에서 살아야 한다는 것도 실감 나지 않기는 마찬가지였다. 비행기표를 편도로 사니 기분이 이상하기는 했다.

　'이민'인데 가져갈 건 별로 없었다. 옷 몇 벌과 신발 몇 개, 쓰던 컴퓨터, 그리고 나의 새 출발에 함께할 한국어를 사용하는 유일한 친구, 쿠쿠. 얼마 안 되는 짐을 챙겨 부모님, 시부모님 그리고 남편과 함께 공항으로 출발했다.

어머니는 이미 집에서부터 우셨고, 공항 게이트에 도착했을 즈음엔 아버지도 눈이 벌겋게 변해 있었다. 아버지는 "야 늦겠다. 빨리 들어가. 이제 나 간다. 알아서 들어가라"며 게이트를 50미터 앞두고 벌써 손을 내저으셨다. 무심한 말과는 달리 목이 메어 말도 제대로 못 하면서. 남자의 마음은 남자가 더 잘 아는지, 그런 아버지의 모습에 시아버지의 눈에 눈물이 맺혔다. 눈물을 보이지 않으려 시부모님께 황급히 인사를 하고는 고개를 돌린 아버지가 나에게서 멀어져 갔다. 네덜란드어 속담에 "사과는 사과나무 옆에 떨어진다De appel valt niet ver van de boom"는 말이 있다. "그 부모에 그 자식"이라는 뜻이다. 딱 그랬다. 그 아버지에 그 딸이었다. 고지식하고 애교 없는 딸은 "도착하면 전화할게요", 이 한마디를 하고는 게이트 안으로 들어갔다. 아버지와는 한 번 안아 보지도 못하고 그렇게 작별을 했다.

비행기 안에서 울고 또 울었다. 아버지에게 따뜻한 말 한마디 못 한 것이 후회되고, 앞으로 어떻게 살아가야 할지

막막했다. 아는 사람 하나 없는 나라에서 살아야 한다는 것이 비행기를 타고 나서야 비로소 실감이 났다. 우는 나를 바라보며 남편은 어쩔 줄 몰라 했다. 조용히 손을 잡고 어깨를 토닥일 뿐이었다. 그래도 어쩌겠나. 되돌릴 수는 없고, 이미 비행기도 탔다. 울음은 비행기가 착륙할 때까지 멈춰지지 않았다. 퉁퉁 부은 눈을 하고 8700킬로를 날아 와플로 유명한 나라에 도착했다.

와플국 개론

말라붙은 눈물과 함께 도착한 벨기에. 출가외인이 되었으니 죽어도 이 나라에서 죽고, 살아도 이 나라에서 살아야 한다. 일단, 앞으로 살게 될 이 나라에 대해 알아봐야 했다.

벨기에는 2010년 6월 13일부터 2011년 12월 6일까지 541일이라는, 전 세계에서 가장 긴 무정부 상태(폭동이나 소요 없이 가장 긴 시간 무정부 상태를 유지한 나라)로 기네스북에도 올랐다. 이 말은 곧 중앙정부가 없어도 어떻게든 나라가 굴러간다는 뜻이다.

'제정신 맞아?'라는 생각이 들 정도로 벨기에에는 정부가 많다. 총 7개다. 중앙정부, 플랜더스 정부, 브뤼셀 정부, 왈로니아 정부, 프랑스어 사용 집단으로 구성된 정부, 네덜란드어 사용 집단으로 구성된 정부, 독일어 사용 집단으로 구성된 정부, 이렇게 지리적으로 나눈 4개의 정부와 언어로 나눈 3개의 정부가 있다. 벨기에 사람을 만나면 정부에 대해 물어보라. 틀림없이 어버버하다 도망갈 것이다. 자기네도 잘 모른다. 정말 특이한 나라임이 틀림없다. 참, 벨기에의 수도인 브뤼셀은 유럽연합의 실질적인 수도다. 유럽연합의 핵심 기관들이 브뤼셀에 있다는 것을 아는 사람은 많지 않다. 다들 독일이나 프랑스 어딘가에 있을 것이라고 생각한다.

역사에 대해서 말하자면, 벨기에는 왕국이다.▪ 나는 '왕국'이라고 해서 호랑이가 담배 피우던 시절까지 거슬러 올라가는, 엄청나게 유구한 역사를 지닌 줄 알았는데, 1830년이 개국년도다. 알면 알수록 신기한 나라다.

언어는 어떠한가. 네덜란드어, 프랑스어, 독일어가 지역에 따라 달리 사용된다. 수도인 브뤼셀은 공식적으로는 프

▪ 독립하며 군주제를 채택했고 그 체제가 지금까지 이어져 오고 있다.

랑스어와 네덜란드어가 쓰이지만, 실제로는 대부분 프랑스어가 사용된다. 독일어를 쓰는 지역은 제1차 세계 대전 이후 전쟁보상 차원에서 독일에게서 양도받은 곳으로 규모는 극히 작다. 거기 사는 주민들은 어느 날 갑자기 "너희가 사는 동네 벨기에한테 떼어 줄 거야. 자, 이제부터 너희는 벨기에 사람이야"라는 말을 들은 셈이다. 이게 무슨 아닌 밤중에 홍두깨 같은 일이란 말인가.

음식으로는 와플, 초콜릿, 감자튀김, 맥주 등이 유명한데 특히 이들은 감자튀김에 진심이다. 벨기에인 앞에서 감자튀김을 "프렌치프라이"라고 말하면 얼굴이 붉으락푸르락해지는 것을 목격할 수 있다. 감자튀김의 기원은 본래 벨기에고, 미군에 의해 잘못 알려져 '프렌치프라이'가 되었다는 이야기가 전해져 온다. 그러니 이들에게 감자튀김은 프렌치프라이가 아닌 '벨지안프라이'다. 감자튀김은 보통 두 번 튀겨 마요네즈와 함께 먹는다. 가장 유명한 음식으로 감자튀김을 뽑는 이 나라 사람들, 정말로 유명한 것이 없나 보다.

국민 정서를 살펴보면 벨기에인들은 대체로 내성적이다. 물론 개인 성향에 따라 다르지만, '국민성'이란 것이 있지 않나. 한국인들이 "빨리빨리"를 좋아하는 것처럼 말이다. 벨기에인들은 변화보다는 안정성을 선호한다. 또한 소심해서 낯선 사람과 쉽게 말을 섞지 않는다. 서양인은 다 쿨하고 스몰토크를 즐기는 줄 알았는데, 적어도 벨기에인은 아니다. 친해지기 대단히 어려운 사람들이다. 같은 언어를 쓰는 네덜란드인과 가장 대비되는 점이 바로 이것이다. 상인 정신이 투철하고 탐험가 기질을 가진 네덜란드인들은 길을 걷다 처음 보는 사람에게도 자연스럽게 말을 건넨다. 그러나 벨기에에서는 그런 일이 도통 일어나지 않는다.

그런데 이런 벨기에인들이 한번 친해지면 끝까지 의리를 지킨다. 친해지기까지 시간이 오래 걸리는 만큼 한번 맺은 우정은 매우 오래 간다. 처음엔 친구 하나 제대로 만들 수 있을지 걱정했지만 이것은 나의 기우였다.

아무것도 모르는 나라의 아무것도 모르는 언어

내가 사는 앤트워프Antwerp는 벨기에에서 두 번째로 큰 도시로 네덜란드어를 사용한다. 세계 3대 패션스쿨 중 하나인 왕립미술학교Koninklijke Academie voor Schone Kunsten Antwerpen 가 있는 그곳이다. 벨기에의 패션과 경제, 문화를 쥐락펴락하는 이 도시는 주민들 대부분이 영어를 할 수 있어 영어가 곧잘 통한다. 즉, 네덜란드어를 못해도 사는 데 아무 지장이 없다. 플랜더스에선 거지도 영어, 프랑스어, 네덜란드어 3개 국어로 구걸을 하고, 슈퍼마켓 캐셔도 웬만하면 3-4개 국어를 한다. 그러니 내 돈 내고 온 경우라면 굳이 네덜란드어를 배울 필요가 없다. 그런데 이민은 상황이 다르다. 다음을 전제로 나는 생각해 보아야 했다.

　1. 이혼을 해서 벨기에 땅을 떠나지 않는 이상, 아주 긴 시간을 이곳에서 살아야 한다.
　2. (외향적이고 사람을 좋아하는 나는) 가정주부로 살고 싶은 생각이 없다.
　3. (자식이 생기면) 아이들이 유치원과 학교에서 쓰는 언어는 네덜란드어다. 숙제도, 선생님과의 면담도 모두 네덜란드어로 이루어진다.
　4. 사람 일은 모른다고, 남편이 혹시라도 아주 일찍 세상을 떠날 경우, 내가 알아서 먹고살아야 한다.

　결국 하루빨리 네덜란드어를 배우는 것으로 결론을 내렸다.

　이민자가 많은 나라답게 네덜란드어를 정부 지원하에 무료로 배울 수 있었는데, 찾아보니 반년간의 모든 수업이 이미 마감된 상태였다. 역시 공짜의 힘은 강력했다. 기약 없이 기다려야 하는 것도 문제였지만, 사실 더딘 수업 속도도 마음에 걸렸다. 중급 이상까지 수강하려면 3년이 필요했다.

3년간 일도 하지 말고 신세 좋게 언어만 배우라고? 이건 아니다 싶었다. 나는 빨리빨리의 한국인이 아닌가.

　나는 대학 부설 수업으로 눈을 돌렸다. 정부 지원은 없지만 1년 과정이었고, 전 과정을 끝내면 네덜란드어로 대학 수업을 들을 수 있는 실력에 도달할 수 있었다. 문제는 비용이었다. 진도가 빠른 만큼 비쌌다. 총 다섯 레벨인데 모든 레벨을 마치기 위해서는 거의 500만 원이 필요했다. 너무 깊이 생각하지 말고 일단 시작하기로 했다. 피 같은 거금 100만 원을 내고 레벨1을 등록했다. '싼 게 비지떡'이라는 말은 아니지만 대가에 따른 마음가짐의 차이는 부정할 수 없다.

　비싼 수업료를 내고 출석한 수업 첫날, 선생님은 다짜고짜 네덜란드어로 수업을 진행하셨다. 레벨1이라고 하지 않았나? 그냥 바로 네덜란드어로 하네? 다른 친구들도 나처럼 어리벙벙한 표정이었다. '외국에서의 외국어 교육은 이렇게 막무가내로 시작되는 건가' 싶었다. 수업 시간만이 아니었다. 휴식시간에 영어로 수강생과 이야기를 나누자 선생님이 바로 지적하며 되든 안 되든 무조건 네덜란드어를 사용하라고 했다. 아니, 아무것도 모르는데 어떻게 말을 해요…. 교실은 찬물을 끼얹은 듯 조용해졌다. 숙제는 또 어찌나 많던지, 선생님 말을 못 알아들어 숙제인지도 몰랐다가 네덜란드어 기초지식이 조금 있는 친구가 영어로 몰래 이야기해 주어 알게 되었다.

그날부터 고3 수험생이 입시 준비하듯 네덜란드어를 공부했다. 화장실, 거실, 부엌, 사방팔방에 단어를 붙여 놓았다. 비싼 돈을 내놓고 땡땡이를 칠 수는 없으니, 가기 싫은 날도 그 마음을 꾹 누르고 학교에 갔다. 일주일쯤 지나자 선생님이 하는 말이 조금씩 들리기 시작했다. 그래 봐야 20-30% 수준이었지만, 그래도 대충 무엇에 대해서 말하는지는 알 것 같았다.

시간이 흘러 선생님의 말이 절반 정도 들리게 되었을 때, 슈퍼나 카페에 가서 네덜란드어를 사용하기 시작했다. 치열하게 네덜란드어를 공부했음에도 불구하고 일상에서는 꽤 오래 네덜란드어가 귀에 들어오지 않았는데, 다름 아닌 사투리 때문이었다. 사람들이 실생활에서 쓰는 네덜란드어는 내가 학교에서 배운 표준어와는 한참 달랐다. 사투리의 문턱은 높았다. 로버트 할리도 "한 뚝배기 하실래예?"라

고 말하기까지 고충이 있었을 것이다. 나도 어서 빨리 구수

한 사투리를 구사하고 싶었다.

빌어먹을 날씨!

1년에 200일가량 비가 오고, 나머지 100일은 구름 낀 하늘… 영화 <배트맨>의 고담시티가 연상될 만큼 날씨가 좋지 않은 곳이 벨기에다. 물론 벨기에보다 날씨가 더 안 좋은 곳들이 있다. 혹독하게 추운 지역이 있고, 일년 내내 내리쬐는 태양을 피해 몸을 숨겨야 하는 곳도 있다. 그런 곳에 비할 수는 없겠지만, 인간이 살아가기에 벨기에 날씨는 정말 해도 너무하다 싶을 때가 많다. 인근의 공원에는 습한 날씨로 인해 버섯이 무더기로 자란다. 이곳이 버섯 농원인지 공원인지 모를 정도다. 그렇다 보니 해가 뜨기라도 하는 날에는 사람들이 밖으로 나와 웃통을 벗거나 비키

니를 입고 누워 광합성을 한다. 한국에서는 듣도 보도 못한 풍경이다. 날씨가 너무 안 좋아서 초콜릿과 와플이 특산품이 되었나 보다. 단것 먹고 기운이라도 내려고.

하루건너 하루도 아니고, 거의 매일 내리는 비는 사람을 지치게 했다. 네덜란드어 수업을 들으러 가면서도 비를 맞고, 집에 올 때도 비를 맞았다. 친구들과 북한산을 오르던 맑고 화창한 날이 떠올라 벨기에가 더 미워지곤 했다.

날이 갈수록 외로움은 커지고, 미래에 대한 불안과 거지같은 날씨까지 더해져 점점 더 가라앉았다. 유치원생처럼 말하는 외국인에게 과연 누가 일자리를 주려고 할까 생각하면 나 자신이 한없이 처량해졌다. 말은 유치원생처럼 해도 나는 스스로 벌어먹어야 하는 성인이란 말이다.

여느 때처럼 비가 부슬부슬 내리던 날, 결국 울음이 터졌다. 외로워도 슬퍼도 안 울려고 했는데, 눈물이 멈추지를 않았다. 내가 왜 여기 와서 산다고 했지? 사람들은 또 왜 이렇게 불친절하고 친해지기도 어렵지? 왜 "코리아"에서 왔다고 하면 지겹도록 북한인지 남한인지 물어봐? 앞으로 계속 일도 못 하고, 계속 벙어리처럼 살게 되면 어떻게 하지? … 아무도 없는 집에서, 6월이지만 마치 한국의 10월 같은 썰

렁한 공기를 느끼며 주저앉아 꺼이꺼이 울었다. 빌어먹을 날씨! 빌어먹을 벨기에!

한바탕 울고 나니 마음이 가벼워졌다. 사실 울어서 해결될 일이 아니었다. 그날 이후로 다시는 내 처지 때문에 울지 않았다. 내가 선택한 길이었다. 슬퍼하고 절망하는 데 에너지를 쓰기보다 내가 할 수 있는 일을 하자고 생각했다. 그것이 최선이었다. 네덜란드어를 배우는 데 더 많은 노력을 쏟았고, 비가 오든 말든 일주일에 서너 번은 밖에 나가 걷거나 뛰었다. 네덜란드어를 못해도 할 수 있는 자원봉사 활동도 시작했다. 아는 사람이라고 해 봐야 네덜란드어 수업에서 만난 몇 명이 다였지만, 그들과 종종 만나 이 요상한 나라 벨기에에 대해 수다를 떨었다. 그들 또한 어떻게 살아야 할지 막막하기는 마찬가지였다. 불안감과 절망은 나만의 것이 아니었다.

그래 그까짓 것, 빌어먹을 날씨가 대수냐! 공평하게 모두에게 빌어먹을 날씬데….

하이힐을 신은 우사인 볼트

중고 자전거를 한 대 구입했다. 벨기에에서는 너나 나나 다 자전거를 탄다. 자전거도로가 잘되어 있고, 교통체증 때문에 스트레스 받을 일도 없다. 유럽 느낌 물씬 나는 나는 예쁜 라탄 바구니도 하나 핸들 앞쪽에 걸어 주고, 그 안에 가방을 넣은 채로 자주 달렸다.

하루는 네덜란드어 수업에 갔다가 집으로 돌아오는 길이었다. 내 멋에 젖어 '나 좀 분위기 있는 것 같은데'라고 생각하며 페달을 구르는데, 뒤에서 자전거를 타고 온 누군가가 순식간에 내 가방을 낚아채서는 전속력으로 도망을 갔다. 중동 계열의 이민자로 보이는 10대 후반의 남성. 따라

가면 위험하다는 생각도 안 들었다. 내 머릿속에는 오직 가방 생각뿐이었다. 돈이 많이 들어 있지는 않았다. 한 오천 원? 그런데 거기 든 카드며, 신분증이며 오만 것들을 되지도 않는 네덜란드어를 써 가며 다시 만들려면 엄청난 에너지와 시간이 소비될 것이 분명했다. 나는 가방을 되찾기로 마음먹었다.

　엄청난 속도로 도망 중인 그놈 뒤를 쫓기 시작했다. 아마 가방에 오천 원 들은 줄 알았으면 저렇게까지 힘들이지 않을 텐데, 좀 측은했다. 게다가 상대를 매우 잘못 골랐다. 나는 악과 근성으로 똘똘 뭉친 잡초다. 그 잡초 같은 여자가 요즘 매우 심난하고, 몹시 우울하고, 불만이 가득한 상태라는 것을 그 도둑은 미처 몰랐을 것이다. '이 자식, 너 잘 걸렸다.' 한국 여인의 매운맛을 보여 주겠다고 생각하며 그야말로 미친 듯이 페달을 밟았다. 내가 무섭게 따라붙자 도둑놈은 갑자기 자전거를 세우더니 나에게 자전거를 던져 버렸고, 날아온 자전거를 피하지 못한 나는 자전거 두 대와 함께 고꾸라졌다. 그 자전거 또한 훔친 물건이었으리라. 자전거를 내팽개친 그가 내 가방과 함께 먼발치로 사라지려 하고 있었다.

너… 죽었어. 가만히 안 두겠어!!

그는 몰랐겠지만 내 100미터 기록은 16초다. 오늘은 하이힐을 신었다. 대략 8센치 정도 되는 것 같다. 그러거나 말거나 나는 그 높은 하이힐을 신고 그놈을 향해 전력 질주를 했다. TV에서 보던 사근사근한 동양 여자가 아니라 하이힐을 신은 채로 우사인 볼트처럼 달려오는 동양인 여자에 도둑놈은 기겁을 했다. 나는 이참에 지금까지 배운 네덜란드어 욕이란 욕은 다 써먹자 생각했다.

Godverdomme! Deze klootzak heeft mijn tas gestolen! (이런 망할 놈의 개새끼가 내 가방을 훔쳤다!)

동네방네 다 들리게 소리를 고래고래 지르며 그를 향해 달려갔다. 어찌나 소리를 질렀는지, 사람들이 하나둘씩 창문 밖으로 고개를 내밀고 쳐다보기 시작했다. 도둑은 조용히 내 가방을 훔쳐 사라지려 했을 텐데, 아무래도 그건 그른 것 같다. 거의 다 따라가서 목덜미를 잡으려는 순간, 내 가방을 내던지고 전속력으로 달려 사라진 도둑놈.

드디어 찾았다, 내 가방! 훗, 이쯤이야!

가방을 손에 넣자 너무나도 감격스럽고 뿌듯했다. 마치 그 도둑놈이 벨기에고, 벨기에를 상대로 승리를 거둔 것마 냥(그는 벨기에 사람도 아니었는데 말이다). 사람 일은 마음먹기 나름이라고 하지 않던가. 벨기에에서 작은 승리(?)를 거둔 이후로 내가 포기만 하지 않는다면 길은 열릴 것이라고 나는 믿게 되었다.

느낌이 나쁘지 않다. 다 잘되겠지.

벨기에 공장 취직기

벨기에에 온 지 8개월쯤 되었을 때 네덜란드어 과정 레벨3을 끝마쳤다. 그럼에도 누군가의 말을 알아듣는 것이 어려웠고, 하고 싶은 말을 유창하게 할 수도 없었다. 한국에서 가지고 온 돈은 바닥을 보이기 시작했다. 어디라도 나가서 일을 해야겠다고 생각했다. 먹고사는 일에 귀천이 어디 있으랴마는, 이왕이면 좋아하는 일을 하고 싶었다. 무엇을 좋아하는지도 모르겠으면서.

한국 대학의 인문계열 졸업장은 이곳에서 아무짝에도 쓸모가 없었다. 벨기에는 특히나 외국 졸업장에 대한 평가가 박하다. 하버드 졸업장을 가진 사람이 지원을 해도 자기

네 기준을 충족하네 마네 설전을 벌이고, 국가기관을 통해 학위 수준을 공식적으로 인정받는 절차를 거쳐야 한다. 언어가 안 되고, 특별한 기술도 없으며, 벨기에 대학 졸업장이 없는 내가 당장 할 수 있는 일은 단순노동이었다.

슈퍼 캐셔도 3개 국어를 하니 일단 나는 자격 미달. 청소부로 취직을 하자니 청소엔 영 소질이 없고, 청소를 싫어하기까지 해서 탈락(찬밥 더운밥 가릴 처지가 아니었지만, 그래도 청소는 정말 싫었다). 한국에서 회사에 잠시 다니던 시절, 스트레스가 심할 때면 차라리 껌 종이 싸는 공장에서 일하는 게 낫겠다고 생각하기도 했는데, 정말 그런 일밖에는 할 수 있는 게 없을 것 같았다. 해외에서의 삶이란 그런 것이다. 내가 어떤 배경을 가졌든 무슨 공부를 했든, 지금의 나는 그저 벙어리에 귀머거리 외국인 노동자에 불과했다.

벨기에에는 'Interim'이라는 단기인력사무소가 있다. 노동직과 사무직 사무소가 따로 있는데, 사무직에 대한 미련을 버리지 못하고 사무직 인력사무소에 갔다가 현재의 네덜란드어로는 아무래도 어려울 것 같다는 이야기를 들었다. 내 나라에서 대학원까지 다녔는데(마치지는 못했지만) 단순노동을 하라는 말을 들으니 예상했던 것임에도 마음이 쓰라렸다. 그러나 시작이 있어야 발전도 있는 법이라고 마음을 다독이며 노동직 인력사무소에 찾아갔다. 가공식품 포장 공장에서 일해 볼 의향이 있는지 묻기에 덥석 물었다. 벨기에서의 경력이 전무한 나로서는 뭐라도 시도해 보는 것이 중요하다고 생각했다. 남편은 너희 부모님이 딸이 대학을 나와 이런 일 하는 것을 알면 가만 있겠냐고, 얼마나 슬프겠냐고 한사코 말렸지만, 나는 한번 결심을 하면 남의 말은 귓등으로도 안 듣는 사람이다. 해 보지 않고서는 적성에 맞는지 안 맞는지 모르는 거라며 남편을 설득했다.

다음 날, 버스를 타고 인근 도시의 공장으로 갔다. 도착하니 작업반장이 위생 신발과 작업복을 주고 팀원들에게 나를 소개했다. 열렬하게 환영해 주리라 기대하지도 않았지만, 내 예상보다도 더 그들은 나에게 관심을 보이지 않았다.

내가 맡은 일은 가공된 볶음면과 치킨윙을 컨베이어 벨트를 타고 오는 상자에 600그램씩 넣는 것이었다. '아, 뭐야. 이 정도는 껌이지'라고 생각했는데 웬걸, 어렵다. 굉장히 어렵다. 컨베이어 벨트의 속도는 생각보다 빨랐고, 처음이라 손이 느린 탓에 나는 컨베이어 벨트를 따라가며 볶음면과 치킨윙을 넣어야 했다. 그렇게 넣었으면 양이라도 정확해야 하는데, 나는 600그램이 얼마인지 도통 감이 오질 않았다. 두 시간쯤 지났을까. 팀원들이 짜증을 내며 양을 맞추라고 호통을 쳤다. 나도 미치고 팔짝 뛰겠는 심정이었다. 내가 담은 것은 600그램 근처에도 못 가거나, 아니면 600그램을 훌쩍 넘어 거의 1킬로에 가까웠다. 컨베이어 벨트의 맨 마지막 사람이 한 번 더 용량을 확인한 뒤 덜거나 보태는 구조였는데, 어디서 굴러들어 온 개뼈다귀 같은 신입 때문에 그녀의 일이 매우 늘어난 것이다. 나는 나대로 너무 힘들었다. 2시간 동안 컨베이어 벨트 옆에 서 있으려니(때때로 따라가기도 했으니) 허리도 아프고 다리도 저리고 죽을 맛이었다. 게다가 욕은 욕대로 들어서 민망했다. 어디 가서 숨고 싶었다.

　그렇게 오전 시간을 보내고 찾아온 점심시간, 집에서 싸 온 도시락을 먹고 있는데 한 동양인 여자가 말을 걸었다. 네팔에서 온 여자였다. 동양인의 외양이 주는 편안함에 같이 식사를 한 후 커피를 마시며 이야기를 나누었다. 한편, 조금 떨어진 곳에서는 고인물 팀원들이 우리를 쳐다보며 수군댔다. 사하라 사막보다도 건조할 것이 분명한 금발 손상

모에, 혀에는 피어싱을 한 언니야와 푸르뎅뎅하게 잉크가 변색된 조잡한 문신의 중년 남성 몇, 그리고 월급을 모아 임플란트부터 해야 할 것 같은, 앞니 몇 개 없는 중년 여성이 비웃음 가득한 표정으로 이야기를 하고 있었다. 저들 입장에서는, 동양에서 온 외노자들이 벨기에인들의 일자리를 뺏은 데다 일도 제대로 못하니 싫었을 것이다. 하지만 나는 억울했다. 이건 내가 태어나서 처음 해 보는 일이 아닌가.

팀원들의 따돌림을 힘없이 받아들이던 네팔 여자와, 외국인을 영역 침입자라고 생각하며 소리나 질러대던, 내가 속하고 싶지 않은 세계의 사람들을 경험하니 여러 생각이 들었다. 나쁜 경험이었다고는 할 수 없다. 아니, 오히려 좋은 시도였다. 돈을 벌 시간에 네덜란드어를 더 열심히 배워 내 가치관과 사고를 공유할 수 있는 곳에서 일하겠다는 각오를 다졌으니 말이다.

일주일처럼 길게 느껴진 8시간을 보내고 집으로 가는데 인력사무소에서 전화가 왔다. 내일 또 가서 일하지 않겠냐고 묻는 전화였다. 일 제대로 못한다고 소리치던 팀원들이 그래도 일 못하는 사람 보냈다고 불평을 하지는 않았던 모양이다. 그곳에서는 일하고 싶지 않다고 말하고는 서둘러 전화를 끊었다. 어쩌면 인력사무소 직원은 네덜란드어도 제대로 하지 못하는 이 외국인이 감사한 줄도 모르고 돈 벌 기회를 제 발로 뻥 차 버렸다고 생각했을지도 모른다. 이날 이후로 나의 마음은 확고해졌다. 네덜란드어를 반드시 잘 하게 되어서 꼭 내가 좋아하는 일을 하고야 말겠다는 다짐을 꾹꾹 마음에 새겼다.

분홍구름이 걷히면

네덜란드어에는 '행복에 빠져 있다'는 뜻의 특별한 표현이 있다.

"분홍구름 위에 앉아 있다Op een roze wolk zitten."

사랑에 빠졌거나 아기를 가졌을 때 흔히들 이 표현을 사용한다. 이 둘에는 공통점이 있다. 연애든 임신이든 비현실적인 행복이 끝나면 결혼생활과 육아라는 현실이 펼쳐진다는 것이다.

장거리 연애를 한 우리는 어쩌면 서로를 잘 몰라서 더 애틋했고, 그래서 분홍구름 위에 앉아 있었는지도 모른다. 구름은 왔다가도 걷힌다. 한곳에 머물지 않는다. 구름 위에

앉아 있던 나는 이 분홍구름이 걷히고 난 이후에 대해서는
미처 생각하지 못했다.

　장거리 연애를 할 때는 한 번도 진지하게 생각해 보지
않았던, 양말을 접거나 설거지를 하는 방식의 사소한 차이
부터 크게는 인생의 가치관까지, 우리는 같은 것보다 다른
것이 더 많았다. 매사에 느긋하고 개인 시간이 방해받는 것
을 싫어하며 드럼 스틱과 드럼만 있으면 일주일도 집에서 안
나올 수 있을 벨기에 드러머와, 호기심이 많고 하루라도 집
밖으로 나가지 않으면 병이 나는, 마음먹은 것은 반드시 해
야 직성이 풀리고 한국 교육 체계 덕에 '안 되면 되게 하라'
를 주창하는 이 한국 여자는 비슷한 점이라고는 눈 씻고 찾
을래야 찾을 수 없는 너무나 다른 인간들이었다.

　성격이 다른 것이 첫 번째 문제였다면, 두 번째는 문화
적 차이였다. 서로 조금씩 양보하고 희생해서 가정이라는
합집합을 꾸려 나가는 것이 결혼에 대한 우리나라의 사고
라면, 서양의 결혼관은 조금 다르다. 둘이 모여 '하나'가 된
다는 인식보다는, 두 개의 원이 떨어질 듯 말 듯한 상태로
포개진 교집합으로 결혼을 바라본다. 좋아하는 것을 조금

은 포기할 줄 알고, 하기 싫은 일도 필요하면 해야 한다는 태도가 나에게 중요했다면, 남편에게는 자기가 좋아하는 것을 계속 할 수 있고, 싫어하는 것을 하지 않아도 되는 개인의 자유가 중요했다.

분홍구름이 걷힌 뒤 우리는 사사건건 부딪혔다. '한국에서의 삶을 포기하고 여기까지 왔는데, 네가 어떻게 나에게 이럴 수가 있어?'라고 생각하는 나와, '내가 좋아하는 것들을 포기하려고 결혼한 건 아니잖아'라는 생각을 가진 그. 같은 말을 쓰고 같은 문화권에서 자라 오랜 연애 끝에 결혼한 커플들도 많이 싸운다는데, 우리는 같은 언어, 같은 문화, 장기간 연애, 이 세 가지 중 어느 하나도 갖추지 않았으니 어떠했으랴.

깨가 쏟아진다던 신혼 초기부터 우리는 하루가 멀다 하고 말다툼을 했다. 지금 생각해 보면 기가 막히게 사소한 것들 때문이었다. 냉장고에 있는 식재료 먼저 사용하지 않고 또 장을 봐 와서, 양말을 뒤집은 상태로 세탁기에 넣어서, 밥 먹고 바로 설거지를 하지 않아서, 과자를 먹고는 봉지를 아무 데나 놓아서, 벗은 외투를 옷걸이에 걸지 않아서 같은. 친구나 룸메이트였더라면 아무렇지 않게 넘어갔을 것들이었다. 하지만 어쩌다 한번 보는 친구나 함께 사는 기간이 한정적인 룸메이트와 달리 남편은 평생을 함께할 사람이 아닌가. 그러니 기대치가 같을 수는 없다.

다행히도 매번의 싸움에서 우리는 매번 화해를 했고, 그렇게 서로를 서서히 알아 갔다. 그 과정에서 알게 된 사실이 하나 있다. '분홍구름이 걷혀도 의리는 남는다.'

가재는 게 편

한국을 떠나오던 날, 시뻘게진 눈으로 얼른 들어가라며 손을 내저으셨던 아버지가 그래도 내가 어찌 사는지는 한번 보셔야겠는지 어머니와 함께 벨기에에 오셨다. 당시 우리는 방 한 칸에 자그마한 거실이 딸린 아파트에 살고 있어서, 부모님은 시부모님 댁에서 지내셨다. 말 한마디 안 통하는 시부모님과 함께 지내며 내가 일상에서 느끼는 좌절감을 많이 느끼셨을 것이다.

10일 동안 독일과 네덜란드, 프랑스 파리까지 다녀오는 살인적인 일정을 짰다. 자유로운 영혼을 가진 뮤지션에게 프라이버시 없이 10일간 장인, 장모와 딱 붙어 있는 여행이라…. 남편은 결혼식을 위해 한국에 함께 온 것을 제외하면 18세 이후로 시부모님과도 여행한 적이 없는 사람이었다. 게다가 '비행깃값이 얼만데 이왕 온 김에 여러 군데를 봐야지' 하는 것을 유럽 사람들은 잘 이해하지 못한다. 우리 집 남의 편도 왜 이렇게 여러 곳을 가는 거냐며 불평했다. 하지만 부모님이 언제 또 오실지 모르고, 조금이라도 젊을 때 많이 보셔야 한다며 밀어붙였다.

그렇게 강행군을 시작했다. 오랜만에 본 아버지는 어쩜 눈곱만큼의 변화도 없이 그대로였다. 그대로인 것을 기뻐해야 할지 슬퍼해야 할지. 이동을 할 때면 어머니와는 3미터 간격을 유지하며 걸으셨고, 미간에는 내 천川 자가 문신마냥 새겨져 있었다.

부모님이 오신 지 3일 차에 우리는 파리로 떠났다. 찌는 듯한 날씨였지만, 10시간 넘게 비행기를 타고 온 것이 헛되지 않게 에펠탑에 올라가고 노트르담 성당에도 갔다. 시내 구경을 다 하고는 파리의 전형적인 멋이 깃든 카페테라스에서 커피를 한잔하고 호텔에 들어가기로 했다. 그런데 자리에 앉자마자 생각지도 못한 아버지의 질타가 쏟아졌다.

"내가 말 안 하려고 했는데, 너는 외국 나간 지 1년도 안 된 놈이 정신까지 벌써 서양화가 된 거냐? 여기 사는 한국 사람들도 많은데 어떻게 옷을 그렇게 입을 수가 있냐. 다 벗고 다니지 그러냐? 한국 사람들이 너를 보면 뭐라고 생각하겠냐! 너는 한국 사람이지 서양 사람이 아니다!"

이 말을 하루 종일 참고 있었던 건가? 내가 너무 방심했다. 아버지가 극강의 유교 멘탈 소유자라는 사실을 1년 못 봤다고 깜빡한 것이다. 그날 나는 랩스커트에 검은색 끈나시 차림이었다. 끈나시 하나에, 졸지에 정신이 썩어 빠진, 서양 겉멋이 든 여자가 되고 말았다. 부모님 오신다고 이곳저곳을 찾아보고, 계획을 세우고, 남의 편을 조련해 가며 여기까지 왔는데, 그런 내 노력은 안중에도 없이 옷차림에 발끈하는 아버지에게 섭섭해서 눈물이 났다. 비록 한국말은 모르지만 분위기상 싸함을 감지한 남의 편이 아버지의 일방적인 다그침을 들으며 눈물을 쏟고 있는 내 손을 덥석 잡더니 남의 편답지 않게 강한 어투로 말했다.

"이 사람은 아버님의 딸이지만 제 부인이기도 합니다. 제 부인을 이런 식으로 대하지 말아 주세요!"

그러고는 나를 끌고 그곳을 나왔다. "쉬 이즈 마이 와이

프, 낫 온리 유어 도터” 정도는 유교 멘탈 우리 아버지도 알아들으신다.

호텔 방에 돌아와서 엉엉 울었다. 남편은 아버지에게 한마디도 못 하고 그저 질타를 듣고만 있던 나를 이해하지 못했고, 사람들이 많은 장소에서 나를 혼낸 아버지도 이해하지 못했다. 색목인이어서일까, 아니면 남의 편이어서일까. 남의 편은 기껏 편을 들어줬더니 아버지에게 버릇없게 말했다고 지적하는 나에게 서운함을 토로했다. 아버지와 남의 편이 내일 다시 만날 것을 생각하니 이대로 날이 밝지 않았으면 좋겠다 싶었다. 물론 다음 날은 오고야 말았지만.

계획대로라면 이날 우리는 호텔 로비에서 만나 루브르 박물관에 가기로 되어 있었다. 밤새 우느라 눈두덩이에 번데기가 올라탄 것 같은 얼굴로 부모님을 만났다. 여기까지 힘들게 오신 부모님을 생각하면 지난밤 아버지와 남의 편 모두에게 섭섭했던 내 마음은 중요하지 않았다.

매우 서먹서먹하게 인사를 하고 나니 아버지가 말씀하신다. “내가 어제 그런 말을 하는 게 아니었는데 미안하다.” 무뚝뚝하기로는 일등인 아버지가 사과를 하셨다. 좀처럼 속내를 표현 안 하는 분이 미안하다고 하시니, 서운함이 봄 눈처럼 녹아 내렸다. 그런데 무슨 일인지 어머니의 눈빛이 예사롭지 않았다. 표정에 한기마저 서려 있었다. 아버지와 갈등이 있을 때마다 중간에서 양쪽의 진심을 전달해 주던 통역사 어머니가 어쩐지 그날은 에어컨 강풍을 틀어놓은 것처럼 냉랭했다. 어머니가 신경 쓰여 루브르 박물관에 가서도 작품이 눈에 들어오지 않았다. 결국 어머니께 물었다. "뭐 기분 안 좋은 일 있어요?" 그러자 어머니가 나를 바라보며 이렇게 말씀하시는 게 아닌가.

"네가 재 부인이면 네 아버지는 내 남편인데, 사위가 내 남편한테 저렇게 버르장머리 없게 굴면 나는 기분이 좋을 것 같니?"

맙소사, 깜빡했다. 가재는 게 편이다. 어디 가서 두 번째라면 서운할 유교남의 부인으로 긴 세월을 산 어머니를 생각하지 못했다. 산 넘어 산이었다. 서로에게 서운함이 남아 있는 부모님과 남의 편 사이에 껴서는 하루 종일 아주 불편한 마음으로 돌아다녔다. 다행히 그다음 날은 모두의 마음이 한결 풀어져서 나머지 일정은 나름 화기애애한 분위기 속에서 소화할 수 있었다.

여행을 계기로 깨달은 것 몇 가지가 있다. 우선 아버지는 어딜 가도 유교남일 것이고, 유교남의 사모님을 얕보지 말라는 것. 그리고 남편이 매번 남의 편은 아니라는 것? 덕분에 어머니까지 화가 나서 고생을 좀 했지만.

부모님은 일주일을 더 머물다 한국으로 돌아가셨고, 그해 여름 나는 날이 더울 때면 아버지를 화나게 했던 그 문제의 옷을 꺼내 입었다. 앞으로 죽을 때까지 끈나시를 보면 아버지의 호통이 생각날 것 같다. 그래도 여기에 아버지가 안 계시니 입고 다녀야지.

잊지 말자. 가재는 게 편이다.

500만 원짜리 종이 한 장

레벨5까지 모든 과정을 마쳤다. 꼬박 1년이 걸렸다. 레벨마다 100만 원 정도가 들었는데 레벨3 즈음해 한국에서 가져온 돈은 다 떨어졌고, 남편이 레벨4, 5 학비를 나의 미래를 위해 투자해 주었다. 한국에서는 남편이 벌어 온 돈을 아내가 관리하는 경우가 많지만, 서구권에서는 어림 반 푼어치도 없는 소리다. 각자도생하는 서구권의 커플은 통장도 재산도 각자 관리하는 경우가 많다. 심지어 결혼 전에 재산 분할에 대한 계약서를 쓰는 일도 흔하다. 할리우드의 셀러브리티 커플들만의 이야기가 아니란 이야기다. 결혼생활을 합집합이 아닌 교집합으로 생각하는 이들의 문화라 보면 될 것 같다. 하지만 나는, '우리는 한 배를 탄 운명 공동체이며 나의 성공이 곧 너의 성공이고, 네 돈과 내 돈은 혈족보다 가까운 관계라 떼려야 뗄 수 없다'를 피력해 통장을 합치게 된다.

매 레벨의 마지막에는 말하기, 듣기, 쓰기, 읽기 테스트가 있는데 분위기가 상당히 무겁다. 외국인 학생들은 레벨5까지 통과해야만 대학에서 수업을 들을 수 있다. 그러니 레벨5에서의 탈락은 곧 비자 취소와 교육을 위해 자식을 외국까지 보낸 부모의 실망으로 이어지기도 해서, 시험에서 떨어져 우는 친구들도 더러 있었다.

테스트는 점수가 50퍼센트를 넘어야 통과한다. 사실 레벨3까지는 그럭저럭 할 만했다. 라틴어, 영어, 독일어 사이에 묘하게 걸터앉은 네덜란드어는 영어를 할 수 있는 사람이라면 중급까지는 무난하게 올라갈 수 있는 언어였다. 그런데 레벨4부터 갑자기 게르만어 특유의 극악무도한 문법이 모습을 드러내면서 사람을 애타게 만들었다. 특히나 외국인의 억양이 들리면 바로 영어로 바꿔 말하는 벨기에인들 덕분에 일상에서 네덜란드어를 써먹을 기회가 거의 없었다. 결국 암기식 공부밖에는 방법이 없다 보니 더욱 어려웠다. 레벨4를 턱걸이 점수인 62퍼센트로 통과했다.

그즈음에 나는 어차피 여기에서 살 것이라면 이곳 학위는 하나 있어야 하지 않을까 생각하기 시작했다. 자국으로 돌아갈 외국인 학생들이 선택하는 영어 프로그램이 아닌, 벨기에 학생 위주의 전공에서 딴 학위는 암행어사 마패와도 같은 역할을 해 주리라 믿었다. 나는 종이 쪼가리의 힘을 믿는 사람이다. 경험이 중요하다고도 하지만, 증명서가 주는 명쾌함을 사랑한다. 졸업증명서, 어학증명서, 결혼증명서 등등 구구절절 설명하지 않아도 종이 한 장만 내밀면 OK 사인이 떨어지는 마법 같은 종이의 힘을 나는 좋아했다. 그래서 레벨5를 마치면 대학원에 진학하겠다는 결심으로 레벨5를 시작했다.

그런데 레벨4를 간신히 통과한 내게 레벨5는 너무 버거웠다. 벨기에에 오기 전까지는 생판 들어 보지도 못한 네덜란드어를, 실제 생활에서 써 볼 기회도 없이, 1년 안에, 이곳에서 나고 자란 사람들이 대학에서 공부하는 수준까지 올리기란 어려운 일이었다. 결국 레벨5를 48퍼센트로 떨어졌다. 초보자가 1년 내에 대학 교육을 받을 수 있는 정도로 언어 실력을 키운다는 것 자체가 애초에 불가능한 일인지, 내 노력이 부족했던 것인지는 모르겠지만 아무튼 떨어졌다. 이곳은 벨기에인이라도 네덜란드어권에서 중등 교육을 받지 않은 사람이 고등 교육 기관에서 공부하려면, 대학 부설의 5단계 수료증 혹은 벨기에와 네덜란드가 함께 만든 네덜란드어 협회의 가장 높은 레벨의 시험 통과 증명서를 제출해야 한다. 레벨5를 떨어진 나에게는 한 가지 선택지만이 남아 있었다. 네덜란드어 협회 시험.

다가오는 새 학기에 맞춰 대학원 등록이 가능하려면 여름 전에 시험에 통과해야 했는데, 문제는 시험이 자주 있지 않다는 것이었다. 시험 일정을 확인해 보니 두 달 뒤에 시험이 있었다. 절대 떨어지지 않겠다는 의지로 열심히 공부하며 두 달을 보냈다.

시험은 사립 언어교육 기관에서 치러졌다. 십 대 후반의 학생들이 바글바글했다. 여기저기서 프랑스어가 들려왔다. 벨기에의 프랑스어권 학생들이 네덜란드어권으로 어학 공부를 하러 온 듯했다. 벨기에에서 출세를 하려면 프랑스어권에 살아도 네덜란드어를 해야 하고, 네덜란드어권에 살아도 프랑스어를 해야 했다. 벨기에 정당에서도 잘나가는 정치인들은 두 언어를 거의 완벽하게 구사한다.

아이들 옷차림을 보아하니 다들 부잣집 자식 같았다. 이 사립 교육기관의 학비는 내가 다닌 대학 부설 기관의 한 다섯 배쯤 된다. 왈로니아 지역의 금수저 집안에서 네덜란드어 공부를 하라고 비싼 곳에 등록시킨 것일 테다. 아직 어린 티가 묻어나는 것이 18세 전후로 보였는데 말하기 시험에서 애들 하는 것을 보니, 공부는 개뿔, 뭘 하기는 했나 싶었다. 공부 말고도 하고 싶은 것이 많을 나이에 집도 잘 사니 이를 악물고 공부할 필요가 없었을 것이다. 반면, 대학 부설에서 독하게 훈련받은 나는 시험 감독관의 찬사와 함께 시험을 마쳤다.

금수저들이 다니는 어학원 시험이 훨씬 쉬울 줄 누가 알았겠는가. 그렇게 나는 운 반, 실력 반으로 네덜란드어 고등 교육 허가 증명서를 손에 쥘 수 있었다. 이 종이는 그냥 종이가 아니었다. 500만 원과 나의 눈물과 노력이 들어간 종이였다. 이제 이 종이를 가지고 대학원으로 가면 되었다.

그런데 마음 한구석에 여전히 불안감이 있었다. 학교나 기관에서는 더 이상 마칠 단계가 없음에도 네덜란드어의 장벽은 여전히 높았기 때문이다. 레벨5까지 마치면 귀가 트일 줄 알았는데 착각이었다. 여전히 사투리는 잘 들리지 않았다. 순진하게도 나는 대학원에 가면 나아질 거라고 생각했다. 문제는 돈이었다. 대학원 등록금은 어디서 난단 말인가? 가지고 온 돈은 다 썼고, 남편의 수입으로 둘이 겨우 먹고사는 형편이었다. 대학원 진학이 우선이 아니었다. 입학 자격은 갖추었으니 일단 돈을 모으기로 결심했다. 한 배를 탄 운명공동체라지만, 남편의 돈으로 먹고살고 대학원까지 다니기엔 양심이 허락하지 않았다. 나는 구직 활동에 들어갔다.

워라밸 따위는 없는 미국계 회사

벨기에에서의 경력이 전혀 없는 나를 써 줄 회사는 많지 않았다. 결국 영어로 일할 수 있는 직장을 찾아나섰다. 유럽연합 본부가 있는 브뤼셀에는 다국적 기업들이 많이 있었고, 운 좋게도 구직 활동을 시작한 지 3주쯤 되었을 때 미국계 메디컬 리서치 회사에 계약직으로 취직을 하게 되었다. 내가 사는 앤트워프에서 기차를 타고 50여 분, 또 지하철을 타고 20분을 가야 했다. 천안에서 여의도로 기차 타고 지하철 타고 출퇴근하는 것으로 생각하면 되겠다.

내가 맡은 일은 질병 분야별 의료 학회에 속한 한국의 의사 및 교수들의 이름과 정보를 수집해 빅데이터를 만들고, 누가 가장 영향력이 있는지를 알아내는 것이었다. 그렇게 만든 정보를 컨설팅 비용을 받고 프레젠테이션과 함께 제약회사들에게 넘겨주었다. 미국계지만 전 세계 의료 시장을 조사하는 회사라서 중국, 브라질, 이탈리아, 캐나다, 호주, 독일 등 다양한 국적의 사람들이 있었고, 대부분이 영어를 사용했다. 죽도록 네덜란드어를 공부했는데 네덜란드어는 단 한마디도 할 필요가 없다니 허탈했다.

외국 회사는 안 부려 먹는 줄 알았는데 전혀 아니었다. 양적 연구를 통해 데이터를 뽑아내는 작업이다 보니 일이 정말 많았다. 게다가 지금처럼 정보가 쏟아지고 AI 기술이 발달한 시절이 아니라 많은 작업을 무식하게 했다. 어떤 면에선 인스턴트 음식 포장 공장의 사무직 버전이었다. 프로젝트 기한에 맞춰 직원들은 야근을 밥 먹듯 했다. 하여간 엄청나게 일을 시켰다. 이 고생을 나 혼자 했더라면 진작에 나가떨어졌겠지만, 야근 후 동료들과 술 한잔하며 외국인으로 타국에 나와 사는 설움을 풀어내면서, 우리는 그 시간을 함께 견뎠다. 오랜 시간이 지난 지금도 그들과 연락을 하며 잘 지내고 있다.

한번은 내 생일에 휴가를 내고 친구들을 집으로 초대

했다. 한창 음식을 준비하고 있는데 회사에서 전화가 왔다. 프레젠테이션이 앞당겨졌으니 오늘 저녁까지 데이터를 보내달라는 것이었다. "오늘 휴가 냈는데요" 하자 회사에서는 알고 있다며, 그러니까 이렇게 전화해서 부탁하는 것이 아니겠냐고 했다. 내가 무슨 램프의 요정 지니도 아니고 말 한마디에 뚝딱 내놓을 수 있나 싶으면서도, 일단 되게 하겠다고 마음먹었다. 나는 '안 되면 되게 하라'는 말을 지겹도록 듣고 자란 한국인이 아닌가. 음식 준비를 잠시 멈추고 손가락에 불이 나게 키보드를 두드려 의지의 한국인답게 상사의 퇴근 시간 전에 결과물을 보냈다. 문제는 그 덕분에 음식이 하나도 되어 있지 않았다는 것. 친구들이 오기까지 남은 시간은 한 시간. 갈비찜과 잡채에서 볶음밥, 불고기, 김치전으로 방향을 바꿔 위기를 모면했다.

이날을 계기로 네덜란드어로 학위를 따서 유럽 회사에서 일해야겠다는 생각이 더욱더 간절해졌다. 지금 하는 일은 내가 하고 싶은 일이 아니었다. 내가 하고 싶은 일이 무언지 정확히 말할 수는 없지만 이런 종류의 일이 아닌 것은 분명했고, 무엇보다 워라밸이 좋은 회사에 가고 싶었다. 유럽 회사와 미국 회사는 기본적으로 조직문화가 다르다. 미국 회사는 성과 중심인 데다 유럽에 있어도 미국 현지의 조직문화가 강해 워라밸보다는 맡겨진 업무를 기한 내에 해내는 것이 우선이다. 반면 유럽 회사는 노동자의 권리가 중요하다. 유럽인들 대부분은 퇴근 시간이 되면 하고 있는 일을 중단하고 집에 간다. 우선 회사가 직원이 잔업을 하는 것을 달가워하지 않고, 야근을 하는 사람은 동료들에게 능력 없는 사람으로 비친다.

학교에 가기 싫어하는 아이들의 단골 레퍼토리인 '배가 아프다'가 거짓말이 아니라는 것을 이때 알았다. 출근 시간이 다가올수록 배가 아팠고, 꾸역꾸역 기차를 타고 가면서는 속이 울렁거렸다. 그렇게 1년여를 보냈다. 그리고 회사는 의지의 한국인, 안 되면 되게 하고 까라면 까는 나에게 정규직을 제안했다. 월급도 아주 준수했다. 그러나 이 제안을 받아들이는 순간, 매일 아픈 배를 부여잡고 출근해서는 하기 싫은 일을 계속 해야 한다는 것을 나는 잘 알고 있었다.

회사에 다니기 전에 자원봉사를 많이 했다. 아무도 써주지 않는 외국인 노동자에게 자원봉사는 쏠쏠한 용돈벌이었다(벨기에는 자원봉사자에게 지급하는 자원봉사비가 따로 책정되어 있다). 뮤직 페스티벌과 박물관에서 자원봉사를 하며 나도 이런 곳에서 일하고 싶다고 생각하곤 했는데, 다니기 싫어 죽겠는 회사에서 일을 하면 할수록 그때의 바람이 떠올랐고 더욱더 간절해졌다. 피상적이지만, 사람들이 즐거워하고 재미있어하는 일을 하고 싶었다. 회사의 이윤 추구만이 아닌, 사람들에게 '즐거움과 행복'을 주는 것도 목적인 일을 하면 나 자신도 행복해지지 않을까 싶었다. 때마침 앤트워프대학교 대학원에 '문화경영'이라는 전공이 있다는 것을 알게 되었다. 나는 월급의 노예가 되어 매일 아침 아픈 배를 움켜쥔 채 마치 도살장으로 끌려가는 소처럼 회사로 향하는 삶 대신 꿈을 좇는 삶을 선택했다. 아주 단호하게 정규직 제의를 거절했다. "감사하지만 저는 공부하러 갈 겁니다. 그만두겠습니다"라는 말과 함께.

네 번째 언어, 프랑스어

사실 회사로부터 정직원 권유를 받기 전에 이미 나는 새로운 변화를 향해 나아가고 있었다. 프랑스어 공부를 시작한 것!

브뤼셀에서 일하는 동안 프랑스어의 필요성을 느꼈다. 이 나라는 절반이 프랑스어를 사용한다. 수도인 브뤼셀은 '공식적으로' 네덜란드어와 프랑스어를 사용하지만 실질적으로 사용되는 언어는 프랑스어다. 회사에 다니며 대학원에 가고 싶다는 생각을 키워 가고 있었던 데다, 이 나라의 공식 언어이니 기본은 해야 할 것 같았다. 대부분의 고등 교육 기관에서도 커리큘럼은 네덜란드어로 되어 있으나 종종 프랑스어 교재를 사용한다. 학생들이 기본적인 프랑스어 지식을 갖추고 있다고 전제하기 때문이다. 이 요상한 나라는 외국인에게 도대체 몇 개의 언어를 요구하는 것인가. 롤플레잉 게임의 퀘스트 뽀개기도 아니고, 정말 너무 힘들었다. "야 이 벨기에야, 나한테 도대체 왜 이러니. 내가 뭘 그렇게 잘못했다고!"라고 외치고 싶었다.

더는 갈 일이 없을 줄 알았던 대학 부설 언어교육원에 다시 등록했다. 이번에는 네덜란드어가 아니라 프랑스어인 것과 일을 하며 공부를 병행한다는 것이 달라져 있었다. 낮에는 브뤼셀로 출근을 하고, 퇴근 후에는 일주일에 두 번씩 무려 세 시간의 수업을 들었다. 집에 오면 녹초가 되었다. 한국에서도 일을 하며 저녁에 교육대학원에 다닌 적이 있지만, 그때와는 비교도 안 됐다. 남의 나라에서 하루 종일 영어로 일을 하다가 저녁에는 프랑스어를 배운다니, 그것도 네덜란드어를 쓰는 지역에서. 이 무슨 복잡한 상황인가.

그동안 배운 영어, 네덜란드어와 달리 프랑스어는 라틴어 계열이었다. 문법 체계가 훨씬 복잡했고, 특히 숫자를 읽는 괴상망측한 방법에 눈이 휘둥그레졌다. 누가 99를

4-20-19quatre-vingt-dix-neuf라고 할 생각을 했을까? 그래도 배워 두면 쓸모가 있을 것이라 믿고는, 졸린 눈을 비벼 가며 수업을 들었다. 회사에 양해를 구하는 일이 있더라도 수업에는 절대 빠지지 않았다. 그렇게 레벨1, 2를 마치자 물건을 사거나 길을 묻는 정도는 할 수 있게 되었다.

알면 알수록 이 나라는 신기한 게, 내가 사는 지역에서는 프랑스어 쓰는 사람을 반기지 않는다. 네덜란드어는 전통적으로 농민들이 사용하는 언어였다. 지식층은 프랑스어를 사용하면서 네덜란드어는 오랫동안 수준 낮은 사람들이 쓰는 미천한 언어로 여겨졌다. 그런데 시간이 지나 플랜더스가 왈로니아보다 막강한 경제력을 갖게 되고 네덜란드어를 자랑스럽게 생각하자는 문화운동이 일어나면서, 프랑스어 사용을 달가워하지 않게 되었다. 결국 나는 내가 사는 곳의 사람들이 반기지도 않는 언어를 배우고 있는 것이었다. 이따금씩 '내가 지금 무엇을 하고 있는 걸까?'라는 생각이 들었다. 나는 최선을 다하고 있는데, 노력하면 할수록 오히려 답이 보이지 않는 기분이었다.

이민을 오면 자신이 받은 교육 수준보다 훨씬 낮추어 구직 활동을 하는 경우가 많다. 이란에서 엔지니어링 박사였다는 동네 케밥집 아저씨, 한국에서 박사 공부를 하고는 미국에 가서 우체부가 되었다는 지인의 지인 등 고국에서의 학력이나 경력과는 전혀 맞지 않는 일을 하는 경우가 허다했다. 나는 자주 깊은 고민에 빠졌고, 그럴수록 '보통의 대졸자 외국인이 보통의 벨기에 대졸자처럼 산다는 것'이 얼마나 고된 과제인지 더욱더 크게 실감했다.

소눈을 가진, 와플이 유명한 나라의 드러머를 만나 이곳에 올 때까지만 해도 이 나라에 정착하는 것이 이렇게 긴 여정이 될 줄은 몰랐다. 나는 벨기에인과 결혼한 참하고 신비로운 동양 여자가 되기는 죽기보다 싫었다. 죽을 때까지 이곳에 살아야 한다면, 네덜란드어를 쓰는 지역에 있든 프랑스어를 쓰는 곳에 있든 내가 하고 싶은 말을 스스로 하고 싶었다. 또한 남편 등 뒤에 숨는 사람이 아닌 당당히 앞에 나서서 내가 하고 싶은 일을 이 나라의 언어로 하는, '국제결혼을 한 여자'가 아니라 '사람'이 되고 싶었다. 만약 한국 사람과 결혼을 했더라면 이런 마음이 덜했을까. 아니, 어디에 살든 누구와 결혼했든, 하고 싶은 일을 하며, '여자'가 아닌 '사람'이 되고 싶다는 마음은 동일했을 것 같다. 그러니 입 다물고 그냥 노력하는 수밖에. 장소가 중요한 것이 아니라 내 노력이 중요한 거니까.

　프랑스어는 레벨2에서 마쳤다. 프랑스어권에 가서 물건을 사고, 음식을 주문하고, 길을 묻는 등 일상생활에 사용되는 어휘와 표현들에 익숙해지자는 처음 목표를 달성했다. 사실 실전은 철판 깔기다. 이 정도 실력에도 용기가 더해지면 어디서든 죽지는 않을 터. 언어는 기세다!

개나 소나 다 들어가는 벨기에 대학

벨기에의 대학은 대다수의 서유럽 국가들이 그러하듯 모든 이에게 열려 있다. 인문계 고등학교 졸업자는 성적에 관계없이 다 들어갈 수 있다는 말이다. 수능처럼 대입 시험을 치러야 하는 것도 아니고, 졸업장만 있으면 의과대학 같은 몇몇 특수 전공을 제외하고는 입학이 가능하다. 또 모든 대학이 공립이라 학비는 일 년에 150만 원가량이다. 한국에 비하면 엄청나게 낮은 금액이다.

그렇다면 졸업도 그런가? 벨기에 정부의 보고에 의하면 대학과 전문대학을 포함한 벨기에의 고등 교육을 성공적으로 마친 사람은 입학 기준 50퍼센트에 약간 못 미친다. 학사는 3년, 석사는 1년인데 3년 안에 학사를 마치는 학생은 29.5퍼센트밖에 되지 않는다. 이 말은 곧 70퍼센트 이상의 학생이 1년 이상을 꿇는다는 뜻이다. 속된 표현이긴 하나, 개나 소나 다 들어는 가도 개나 소가 다 나오지는 못한다는 이야기다.

벨기에의 대학 분위기는 한국과는 사뭇 다르다. 교수는 강의가 끝나면 학생들과 교류를 하지 않는다. 고로 교수와 친해져 점수를 따거나 학생의 사정이 측은해서 교수가 통과시켜 주는 경우는 없다. 맨 앞에 앉아 초롱초롱 눈을 밝히며 수업 듣는 학생의 이름을 교수가 외우는 경우도 없다. 한국처럼 스포츠, 어학 등의 교양과목이 있지도 않다. 예를 들어 화학 전공이라면 화학, 수학, 물리 등 전공과 연관된 과목만 공부한다. 현대 미술사나 철학, 역사 등의 인문 교양을 수업을 통해 접할 기회가 없고, 동아리 활동을 통해 틈틈이 스포츠를 즐길 여유도 없다. 기말고사 통과하기가 하늘의 별 따기인데 그럴 정신이 어디 있단 말인가. 전공을 선택하는 순간, 오로지 한 우물만 파면서 '덕후'처럼 살아야 한다. 그리고 실습수업 같은 특별한 경우를 제외하고는 출석은 성적에 반영되지 않는다. 일단 교수들이 수업 시작 전에 이름을 부르지 않는다. 수업에 단 한 번을 출석하지 않았더라도, 시험을 통과하면 문제가 되지 않는다. 과제와 시험 성적만이 중요하다.

나는 호기롭게 문화경영 전공으로 앤트워프대학교 대학원에 등록했다. 본래 석사 과정인데 경영학을 전공하지 않은 학생들은 학사 과정의 핵심을 담은 2년간의 교차프로그램schakelprogramma을 들은 후에 시작할 수 있었다. 콘서트홀에서 근무하며 직접 공연을 기획하고, 좋아하는 아티스트를 초청하기도 하면 너무 재미있을 것 같았다. 생각만 해도 신나고 스스로가 멋지게 느껴졌다.

그런데 들뜬 마음으로 시작한 공부는 예상했던 것보다 훨씬 고됐다. 이 전공은 "문화"경영이 아니라 문화"경영"이었다. 팔자에도 없는 미시경제와 거시경제를 공부해야 했고, 법대생도 아닌데 유럽연합 상법이란 과목도 수강해야 했다. 경영학과 법학의 짬뽕 같은 조합이었다. 게다가 문과생에게 수학은 넘기 힘든 산이었다. 맙소사, 내 나라 말로도 이해되지 않는 것을 남의 나라 말로 이해해야 하다니. 내가 아무리 네덜란드어를 마지막 레벨까지 마쳤어도, 여기서 나고 자란 사람들도 절반 이상 끓는 대학 공부를 하기엔 언어의 장벽이 너무나도 높았다. 정규직 제안도 마다하고 공부하겠다며 회사를 박차고 나왔는데, 시험에 통과를 못 하면 어쩌나 걱정이 앞섰다. 빨리 공부를 마쳐야 내 밥벌이를 할 수 있는데…. 그러나 내 조급한 마음과는 달리, 죽도록 공부를 해도 수학 실력은 늘지 않았고, 대학에서 사용하는 학문용 네덜란드어도 빨리 늘지 않았다.

1학기가 정신없이 지나갔다. 모르는 단어가 하루에도 수십 개, 어떨 때는 백 개가 넘게 나오는 날도 있었다. 매일 외우고 또 외웠다. 수포자(수학포기자)였던 내가 경제학에 나오는 함수를 공부한답시고 한국의 수학 블로그까지 뒤져가며 애를 썼다. 지성이면 감천이라는데, 그 말이 무색하게 결과는 실망스러웠다. 4과목 중 1과목 빼고 다 탈락. 50퍼센트가 기준이니 1과목을 제외하고는 반도 맞추지 못한 것이다. 특히 유럽연합 상법은 정말 지독했다. 시험이 객관식이라고 발표되었을 때 가슴을 쓸어내리며 그나마 다행이라고 생각했는데, 교수님은 요상한 감점 시스템을 사용했다. 이른바 '페널티 감점 시스템'이다. 답을 맞히면 1점, 답을 안 적으면 0점, 틀린 답을 적으면 벌점이 추가된 감점이 적용된다. 답이 여러 개일 수도 있고 한 개일 수도 있는데, 답이 두 개인 경우에 둘 다 틀리면 더 많은 감점을 받는다. 그런데 객관식에서 어떻게 안 찍을 수가 있단 말인가. 왠지 내가 찍은 것이 꼭 정답일 것만 같은데 어떻게 빈칸으로 놔둘 수가 있겠나. 그래서 찍었다가 망했다. 답이 불확실한 문제를 빈칸으로만 두었어도 통과할 점수였는데 찍어서 망했다. 하지만 마냥 넋 놓고 있을 수 없었다. 정신을 똑바로 차리고 2차 시험을 준비해야 했다. 벨기에의 대학은 방학 마지막 주간에 1차 시험을 통과하지 못한 학생들에게 2차 시험의 기회를 준다. 덕분에 방학이 되었어도 쉴 수 없었다. 남들이 다 휴가를 갈 때 나는 책을 부여잡고 씨름을 했지만, 결과는 참담했다.

1학기를 망쳤으니 2학기에 만회해 보자며 눈을 부릅뜨고 공부했는데 2학기도 망하고 말았다. 1년의 성적표는 8과목 중 2과목만을 통과했다고 보여 주었다. 드라마에서는 주인공이 노력하면 결국엔 만족할 만한 결실을 맺던데, 그런 일은 드라마에서나 일어나는 것일까? 열심히 했기에 더 속상했고, 내 마음처럼 되지 않는 네덜란드어에도 화가 났다. 수학과는 담을 쌓고 살았던 학창 시절에 대한 후회도 밀려왔다.

공부를 하면서 알게 된 네덜란드인 친구는 벨기에 대학 교육이 이렇게 어려울 줄 몰랐다며 결국 네덜란드로 돌아갔다. 같은 언어를 사용하는 사람도 정신이 혼미해지는 판에, 네덜란드어를 배운 지 2년밖에 안 되는 나는 어땠겠는가. 회사에는 공부할 거라고 큰소리 빵빵 치며 나왔는데, 1년을 길바닥에 버린 셈이 되고 말았다. 이 시간을 구직 활동에 썼다면 어땠을까? 지금쯤 내 밥벌이를 하고 있지는 않았을까? 수많은 생각들이 머릿속을 오갔다. 나는 재수강을 할지, 다른 선택을 할지 다시 선택의 기로에 섰다. 만약 한 번 더 도전했다가 또다시 통과하지 못한다면 1년을 또 버리게 된다. 자신이 없었다. 고민 끝에 나는 대학원에 돌아가지 않기로 결심했다.

지금 와서 돌이켜 보면, 낙오했고 길바닥에 버렸다고 생각한 그 1년이 내가 벨기에에서 보낸 모든 시간을 통틀어 가장 치열하게 산, 가장 큰 열매를 맺은 시간임을 확신한다. 1분 1초를 허투루 보내지 않았다. 해내겠다는 마음가짐으로 임했고, 공부하다가 모르는 단어가 나올 때마다 어떻게든 머릿속에 넣으려 노력했으며, 성공하지 못하더라도 지금은 도전할 때라고 스스로를 격려했다. 그랬기에 단 1센치일지라도 매일매일 앞으로 조금씩 나아갔다. 그때 배우고 겪은 그 모든 것이 피가 되고 살이 되었다. 비록 한 학기도 통과하지 못했지만, 그 치열함은 벨기에서의 삶에 거름이 되어 지금의 나를 만들어 주었다.

　넘어지는 것은 걸었기 때문이고, 실패도 무언가를 시도했기 때문에 얻은 결과다. 당장 주어지는 열매뿐만이 아니라 천천히 맺는 열매도 충분히 가치가 있다. 계획한 일이 뜻대로 풀리지 않는다고 해서 내 노력이 사라지는 것은 아니다. 나는 충분히 노력했다.

벨기에 공무원 시험

앤트워프에서 브뤼셀로 출퇴근을 1년간 해 보니, 장거리 출퇴근은 거르는 것이 낫겠다 싶었다. 길에서 거의 3시간을 버리는 꼴이었고, 퇴근 후의 삶이라는 것이 없었다. 퇴근해서 집에 오면 씻고 잤다가 다음 날 아침 일찍 다시 기차를 타러 가는, 쳇바퀴 굴러가는 삶이었다.

1년 전의 나는 실전 네덜란드어를 거의 하지 못했으므로 네덜란드어가 꼭 필요한 이 도시에서 직장을 찾는 것은 거의 불가능했다. 하지만 이제 상황이 조금은 달라졌다. 비록 2학년 진급에는 실패했어도 지난 1년간 매일 수십 개의 단어를 외웠고, 대학 강의를 네덜란드어로 수강했으며, 과제도 네덜란드어로 해낸 짬밥이 쌓인 것이다. 그럼에도 취업은 여전히 쉽지 않았다. 콘서트홀이나 미술관 같은 곳에서 일하고 싶었는데, 저 멀리 한국이라는 나라에서 온, 동종계열이 아닌 어문계열의 졸업장만 있는 나를 써 줄 리가 없었다. 지원서를 제출한 곳들에서는 해당 직무에 적절하지 않다는 답변을 보내왔다.

연이어 거절 답변을 받다가, 박물관 보안요원 모집 공고를 발견했다. 앤트워프 시청 공무원직으로는 가장 낮은 직급이었고, 사무직이 아닌 노동직이었다. 박물관을 돌면서 박물관의 전반적인 안전을 유지하는 업무였다. 고등학교 졸업장이 없어도 지원을 할 수 있었다. 워라밸이 보장되는 유럽회사에 대졸자 신분으로 취업하고 싶어 월급 잘 주던 회사도 박차고 나왔건만 이력서를 돌려 본 결과, 벨기에에서의 경력이 거의 없다는 것이 큰 결격 사유라는 것을 알게 되었다. 특히 네덜란드어로 일을 해 본 경험이 없다는 것은 나를 쓰지 않을 가장 큰 이유였다. 이것부터 해결해야겠다는 생각이 들었다.

고등학교 졸업장도 필요하지 않는 자리에 지원하는 것이 사실 내키지 않았다. 배움이 덜할수록 외국인에게 더 배타적이라는 것을 포장 공장에서 몸소 체험했기 때문이었다. 그러나 찬밥, 더운밥 가릴 처지가 아니었다. 내가 외국인이라는 사실은 공무원 지원에 별 문제가 되지 않았다. 벨기에에 합법적으로 등록된 영주권을 지닌 외국인이라면 국적에 관계없이 대부분의 행정직 공무원으로 채용이 가능하다. 짧은 자기소개서와 '앤트워프대학교 대학원 문화경영 전공 중퇴'라는 한 줄을 더 삽입한 이력서를 보내고 나니 필기시험을 공지하는 메일이 왔다.

시험장에는 사람들이 바글바글했다. 알고 보니 공무원은 벨기에에서도 인기가 좋았고, 은행대출 시에도 우대되는 직종이었다. 시험은 마치 아이큐 테스트 같았다. "불이 났을 때 생성되는 물질을 고르시오"(4지 선다형) 같은 아주 기본적인 상식을 묻거나 특정 상황에서의 대응을 고르는 문제가 대부분이었다. 네덜란드어를 할 수 있다는 가정 하에, 한국에서 중등 교육을 받은 사람이라면 대부분 무난하게 풀 수 있는 문제들이었다. 개인적인 생각으로는 정말로 지능이 떨어지는 사람을 걸러 내기 위한 기본적인 조치였던 것 같다.

일주일 후 면접 안내 메일을 받았다. 고등학교 졸업장도 필요하지 않은 데다 사무직이 아니라서 꺼려지던 처음 마음과는 달리, 네덜란드어로 응시한 시험을 통과했다는 사실에 기뻤다. 입사 지원은 여러 군데 해 보았어도 면접까지 간 것은 처음이었다. 게다가 네덜란드어로 보는 면접이었다. 대학 부설 언어원에서 네덜란드어 전 과정을 마치기는 했어도, 실전은 다르지 않을까 싶어 긴장이 되고 두려웠다. 예상 질문과 답변을 노트에 적어 남편에게 문법적으로 틀린 부분이나 더 자연스러운 표현이 있는지 검수를 받아 외웠다.

드디어 결전의 날. 깨끗하게 빨아 입은 셔츠와 검은색 바지로 전형적인 한국식 면접 의상을 갖추고 면접 장소에 도착했다. 그런데 이게 웬일? 청반바지에 후드티를 입은 사람도 보이고, 찢어진 청바지에 티셔츠를 걸친 지원자도 보였다. 서구권이라 그런지 면접 옷차림에서 자유의 냄새가 풀풀 풍겼다. 오히려 내가 더 눈에 띌 지경이었다.

"Mevrouw Song, kom maar binnen."(송영인 씨, 들어오세요.)

손에 땀이 났다. '내가 무슨 말을 한들 이 사람들이 과

연 외국인인 나를 뽑아 줄까? 필기시험 때 보니 지원자도 많던데.' 순간 의기소침해졌지만 '길고 짧은 건 대 봐야 아는 거지'라고 마음을 다잡고는 안으로 들어갔다. 안에는 세 명의 면접관이 앉아 있었다.

(다음 대화는 모두 네덜란드어로 진행)

면접관 1: 송영인 씨 맞으시죠? 앉으세요.

나: 예, 감사합니다.

면접관 2: 왜 이 포지션에 지원하게 되었나요?

나: 저는 문화, 예술에 관련된 일이 하고 싶었습니다. 그 분야에 관심이 있어 페스티벌이나 전시회에서 봉사활동도 많이 했고 앤트워프대학교 대학원에서는 문화경영을 공부했습니다. (떨어졌어도 공부한 것은 공부한 것이니 일단 어필하고 본다.)

면접관 3: 그래서 공부는 마쳤습니까?

나: 예상치 못하게 수학이 너무 많이 들어 있는 바람에 마치지는 못했습니다. 제가 수학 머리는 좀 없어서요.

(일동 웃음)

면접관 1: 이력서를 보니 한국에서 대학 공부를 했네요. 그런데 이 자리는 고등학교 졸업장도 필요 없는 포지션인데 괜찮겠습니까?

나: 한국에서 대학 공부를 했지만 벨기에로 이민 와서 언어를 포함해 모든 것을 새로 시작하는 중입니다. 낮은 직급이라도 열심히 하겠습니다!

면접관 2: 벨기에에 온 지는 얼마 정도 되었나요?

나: 2년 반 정도 되었습니다.

면접관 3: 오, 네덜란드어를 굉장히 잘하시네요. 이민 온 지 10년이 되어도 말을 잘 못하는 사람들이 많거든요. (벨기에의 중동, 북아프리카 이민자 2세대 3세대들은 배우자를 부모 혹은 조부모가 살던 곳에서 찾는 것을 선호한다. 특히 남성의 경우, 다소 개방적으로 변한 교포들을 만나기보다 이슬람 문화가 퇴색되지 않은 본국에서 신붓감을 데려오는데, 이를 "importvrouw수입신부"라고 한다. 그렇다 보니 이민 온 지 한참이 지나도 언어가 늘지 않고 문화적으로 동화되지 않아 어려움을 겪는다. 이는 벨기에에서 사회적 문제가 되고 있다.)

나: 앤트워프대학교 부설 언어교육원에서 마지막 레벨

까교지 마쳤고, 대학원에서 교재를 읽고 강의를 들으면서 더 많이 배우게 되었습니다.

면접관 1: 사무직이 아니고 노동직입니다. 정말 괜찮겠습니까?

나: 어느 포지션이든 시작하는 입장에서 배울 점이 많다고 생각합니다. 저에게 기회를 주신다면 정말로 열심히 하겠습니다.

면접관 2: 채용이 되면 한 달 후에 시작하게 되는데, 괜찮은가요?

나: 한 달 후가 아니라 다음 주에 시작해도 저는 괜찮습니다.

면접관들: 알겠습니다. 만약 합격하면 메일로 연락이 갈 거예요. 메일 잘 확인하시고요. 나가 보세요.

나: 감사합니다. 또 뵐 수 있으면 좋겠네요.

"시켜만 주시면 정말 열심히 하겠습니다"가 요점이었던 내 생애 첫 네덜란드어 면접은 이렇게 짧게 끝났다. 진부할 수도 있고 따분할 수도 있지만, 당시 내가 할 수 있는 말이 열심히 하겠다는 것밖에 더 있었겠는가.

2주 후, 합격 메일을 받았다. 머릿속으로 면접 상황을 상상하고 네덜란드어를 외우다시피 연습한 보람이 있었다. 솔직히 면접 당시 면접관들의 말을 다 알아들은 것은 아니었는데 마치 알아들은 듯 웃으며 외워 온 말을 자연스럽게 이어 갔으니 면접관들은 내가 못 알아들은 것을 알아채지 못했던 것 같다. 혹은 알아챘지만 절실한 외국인을 위해 눈감아 주었던 것일지도. 부지런하고 착하고 정직하다는 아시아인의 이미지도 플러스 요인으로 작용하지 않았을까 싶다. 성실하기로 소문난 아시아인이 시켜 주면 열심히 하겠다는데 아무래도 솔깃하지 않았을까?

이민을 앞두고 있다면, 해당 언어가 가능하다는 전제하에 공무원에 도전해 보는 것을 권장한다. 사회적 약자로서 사기업에 비해 부당한 처우를 덜 받는 곳이기 때문이다. 정부는 사회의 다양성을 장려하고 이민자의 사회적 정착을 지원할 공공의 책임이 있기에, 공무원직 진출이 사기업 입사보다 오히려 수월할 수 있다. 언어의 한계가 있으니 처음부터 높은 급수에 지원하는 것은 무리지만, 낮은 직급부터 시작한다는 마음으로 도전한다면 충분히 승산이 있는 게임이라고 생각한다.

합격 후, 한동안 핑크빛 세상에서 살았다. 고생 끝에 낙이 온다더니 꼬박꼬박 월급이 나오는 안정적인 직장을 얻게 되었다. 게다가 생애 처음으로 네덜란드어로 일을 하게 되었으니 가장 낮은 급수면 어떠랴. 나도 이 사회의 일원으로서 당당하게 한 자리를 차지하고, 내 입 하나는 스스로 책임질 수 있게 된 것이다.

벽만 보고 있어도 돈 주는 회사

조선 선비 같은 아버지께 취업 사실을 알리자 나라의 녹을 먹는 공무원이 되었다며 몹시 기뻐하셨다. 벨기에에 오기 전에도 아버지의 소원은 내가 안정적인 직장을 갖는 것이었다. 그렇게 나는 많은 사람의 축하를 받으며 문을 연 지 얼마 안 되는 시의 한 박물관으로 출근을 하게 되었다.

근무를 시작하기 전에 오리엔테이션에 참석하라는 공지를 받았다. 앞으로 같이 일하게 될 동료들을 만난다는 생각에 설렜다. 떨리는 마음으로 도착한 오리엔테이션 장소에는 앳된 사람들이 많았다. 박물관에 갈 때마다 이런 직책을 맡은 사람들은 대부분 중년 이상이었기에 동료들도 나이가

많을 줄 알았는데, 이번에 뽑힌 사람들은 파릇파릇한 20대
가 주를 이루었다. 통성명을 하고 이런저런 이야기를 나누
다 보니 가방끈이 긴 동료들이 꽤 있는 것을 알게 되었다.
역사와 철학 전공으로 석사를 두 개나 가진 사람도 있었고,
건축학 석사를 마친 사람도 있었다. 면접관들이 고학력자
위주로 추린 것 같았는데, 나는 왜 이런 사람들이 박물관
보안 요원직에 지원했을까가 궁금했다. 새로 뽑힌 사람들
은 몇 달 후에 있을 교육을 받고 국가안전시험을 치러야 정
식으로 박물관 보안요원이 될 수 있었다. 근로계약서에 사
인도 했겠다, 곧 있을 국가안전시험만 보면 될 일이었다.

　　출근 첫날, 기존에 있던 동료들을 소개받았다. 친절해
보이는 이들 사이에서 내 눈을 사로잡은 것은 자폐가 있는
동료들이었다. 한 명은 경증이었고, 다른 한 명은 은퇴를
거의 앞둔 이로, 자폐 특성이 조금 더 뚜렷했다. 사회성은
많이 부족하지만 공격적이거나 충동적이지는 않았고, 기본
적인 의사소통은 가능하지만 다른 사람과 교류하고 친목을
쌓기는 쉽지 않아 보였다. 고학력자, 저학력자, 자폐인, 외
국인 노동자라는 다채롭고 이색적인 구성이었다.

일은 어렵지 않았다. 출근해서 문을 열고, 폐관 시간이 되면 방문객들을 모두 밖으로 내보낸 뒤 문을 닫고, 근무 중에는 내가 맡은 곳을 돌아보면서 이상이 있는지, 작품에 손대는 사람은 없는지 확인하는 것이 내 업무였다. 미술품의 도난이나 훼손을 막기 위해 방문객을 계속 주시해야 해서 자리에 앉아 있어도 책을 보거나 다른 짓을 할 수는 없었다. 그래도 미술 작품에 손을 대는 사람이 많지 않다 보니 한가한 편이었다.

무엇보다 좋았던 것은 퇴근 후에도 해가 쨍쨍하게 떠 있는 것이었다. 출퇴근에 3시간씩 걸리는 곳에 다니다 집 근처 직장으로 옮기니 삶의 질이 몇 단계는 상승한 기분이었다. 프로젝트다 뭐다 기한을 맞추기 위해 주말에 예정에도 없던 업무를 처리해야 하는 일도 없었다. 아무런 스트레스가 없었다.

그런데 사람은 간사한 동물이라 하지 않던가. 절박함에 "시키는 일은 다 열심히 하겠다"라고 했으면서, 박물관 일이 점점 지겨워지기 시작했다. 예술작품 감상도 하루이틀이지, 매일 같은 곳에서 일어나지도 않는 일을 기다리자니 지겨워 죽을 것 같았다. 솔직히 말하자면, 하루 종일 벽을 보고 벌서는 기분이었다. 똑똑한 사람들이 왜 여기서 일하는지 예전부터 궁금했던 나는 석사 학위가 두 개나 있는 동료에게 물었고, 그는 스트레스 받는 것이 싫다며 마음 편한 일이 하고 싶다고 대답했다. 그가 하는 말이 무언지 이해할 수 있었다. 그러나 나는 그것만으로는 만족할 수 없는 사람이었다. 나는 마음은 편하지만 아무 일도 일어나지 않는 일보다는, 배우기는 어려워도 매일 새로운 것을 익히며 스스로 발전하는 일을 하고 싶었다. 약간의 어려움은 오히려 보람과 성취감을 준다는 사실을 몇 달간 일을 하며 깨달았다. 이곳은 성취감과는 거리가 먼 곳이었다. 이대로 쭉 박물관 보안요원으로 지내다 은퇴할 수도 있다고 생각하니 가슴이 답답해졌다. 벽만 보고 있다가 은퇴라니…. 그러기에 나는 하고 싶은 것도, 궁금한 것도 많았다.

도저히 벽만 보고 살 수는 없겠다 싶어 못다 한 공부의 한도 풀 겸, 저녁에 직장인을 대상으로 하는 브뤼셀자유대학교 미술과학 대학원 과정에 지원했다. 지난번의 경험을 떠올리며 이번엔 담백하게 문화와 미술 관련 과목만 있는 미술과학을 선택했다.

다행히 미술과학은 적성에 잘 맞았고 수학도 필요 없었

다. 게다가 미끄러진 경험이긴 해도 대학원 공부를 하며 네덜란드어가 많이 늘었기에 이번에는 할 만했다. 그리고 당장 목구멍에 풀칠할 걱정 없이 직장이 있는 상태에서 하는 공부는 편안했다. 직장에서 하루 종일 벽만 보고 있다가 공부를 하니 오히려 공부를 할 수 있는 것이 감사하기까지 했다. 모든 것이 순탄하게 흘러갔다.

2학기 중반에 들어섰을 때, 나에게 또 하나 좋은 일이 생겼다. 안정적인 직장을 잡을 때까지 임신을 미뤄 왔는데, 결혼한 지 3년 차에 아기가 찾아와 준 것이다. 대학원은 휴학을 하고 아기가 조금 자란 후에 공부를 이어 가자고 생각했다. 지루하지만 참고 다닐 만한 안정적인 직장도 있겠다, 곧 태어날 아기를 위해 아기방이 있는 곳으로 이사를 가기로 했다.

"벨기에인은 뱃속에 벽돌을 가지고 태어난다Belgen worden geboren met een baksteen in de maag"라는 속담이 있을 정도로 벨기에인은 자가를 선호한다. 상식적으로 생각해 봐도 매달 200만 원가량의 월세를 내느니 자가를 마련하는 게 낫지 않겠는가? 열 곳이 넘는 집을 보러 다닌 끝에, 고생을 좀 하더라도 고치면 살 만한 비교적 싼 집을 발견했고, 남편과 나는 은행 대출을 받기로 결정했다. 그동안 대학원에 다니느라 가진 돈은 다 썼고, 남편도 월급 받아 내 생활비를 보조해 주느라 우리에게는 돈이 없었다. 100프로 은행 대출로 은행의 노예가 되었지만, 열심히 갚으면 된다고 생각하며 계약서에 사인을 했다.

세상을 다 가진 기분이었다. 재미는 없어도 안정적으로 월급을 주는 곳이 있고, 지적 호기심은 대학원에 다니며 채우고 있고, 아기가 생겼고, 비록 진짜 주인은 은행이긴 하지만 주택을 가진 자가 되었다. 마음 편안한 날들이 이어졌다.

청천벽력 같은 공무원 부적격 판정

국가안전교육을 받기 위해 박물관 대신 시청으로 출근을 했다. 수업 첫날, 교육 담당자가 '보안요원'의 정의와 자격을 설명했다. "보안요원은 기관의 안전을 지키기 위해 근무하는 사람이며, 이 직책을 맡기 위해서는 '유럽연합에 소속된 국가의 시민권이 있어야' 한다."

어라? 시민권이라고?

시민권과 영주권은 분명한 차이가 있다. 시민권이 한 나라의 국민이 누리는 권리라면, 영주권은 일정한 자격을 갖춘 외국인에게 주어지는 그 나라에서 거주할 수 있는 권리다. '나는 시민권은 없는 한국인인데 어떻게 되는 거지?' 머리가 멍해졌다. 재빨리 정신 줄을 잡고 담당자에게 말했다.

"저기, 잠시만요. 저는 국적이 한국인데요? 유럽연합 소속 국가의 시민권이 없는데요?"

"어, 이중 국적 아니에요? 벨기에 국적도 있는 거 아니었어요?"

"아니요. 저는 한국 국적만 있어요. 한국은 법적으로 이중 국적이 불가능해요."

"확실해요? 모로코나 미국 이런 데는 되던데."

"다른 나라가 어떤지는 모르겠지만 한국은 이중 국적이 불가능한 국가예요. 그건 확실합니다."

벨기에가 이중 국적을 허용하는 국가다 보니 당연히 내가 이중 국적자라고 생각한 모양이었다. 교육 담당자는 급히 밖으로 나가 인사팀에 전화를 했고, 곧이어 인사팀에서 나를 찾아왔다.

"교육 담당자에게 설명 들었어요. 국적은 언제 바꿀 거예요? 최대한 빨리 신청하는 게 좋을 것 같은데."

나는 내 귀를 의심했다. 인사팀은 벨기에 국적을 못 가져서 안달 난 이민자들을 숱하게 보아 왔기에, 나도 바로 "오케이. 노 프라블럼"이라 할 줄 알았나 보다. 아주 먼 미래에, 꼭 필요한 순간에, 국적을 바꿀 수도 있다고 생각은 했었다. 그러나 이런 식으로 번갯불에 콩 볶듯 국적을 바꾸는 것은 단 한 번도 생각해 본 적이 없었다.

나는 국적을 바꿀 의사가 없다고 답했다. 공무원 지원 당시 이력서에 국적을 한국으로 표기했고, 필기시험 때 한 번, 면접 때 또 한 번 국적이 한국이라고 적힌 벨기에 주민증을 제시했다. 본 직책에 대한 모집 공고에도 '유럽 시민권자일 것'이란 조항은 없었다. 내 잘못이 아니었다. 명백하게 인사팀의 잘못이었다. 그들이 내 국적을 제대로 확인하지 않았다. 사람 잘 뽑고 일 잘한다고 생각했던 인사팀에서 이런 말도 안 되는 실수를 했을 줄은 꿈에도 몰랐다.

"국적을 바꾸지 않으면 부적격이라 임용될 수 없어요. 국적을 바꿔야만 본 직책으로 계속 일할 수 있습니다. 이러면 부득이하게 임용을 취소해야 합니다."

머릿속이 하얘졌다. 영혼까지 끌어모아 집을 샀고, 곧 아기도 태어날 텐데 임용 취소라니. 이제 좀 먹고살 만한가 했더니 또 문제가 생겨 버렸다. 게다가 이번엔 아기의 미래까지 걸려 있다. 대출금을 갚지 못해 아기와 함께 집에서 쫓겨나는 모습이 머릿속에서 빙빙 돌았다. 이후 나는 교육에 다시 참여하지 못했고 시의 인사과로 계속 불려 다녔다. 그리고 인사과의 어르고 달래기가 시작되었다. 본인들의 잘못을 덮기 위해 이런저런 미끼를 던졌다.

"그러면 다른 부서 사무직으로 일하는 건 어때요? 그건 보안 관련 업무가 아니라서 지금 가진 국적으로도 가능해요. 게다가 사무직이니까 더 낫지 않아요? 그 대신 1년 계약직이에요. 5일 안에 결정해 주세요. 그러지 않으면 우리도 어쩔 수 없습니다. 부적격으로 해고를 하는 수밖에요."

차마 입 밖으로 꺼내지는 못했지만, '이 뭔 개소리야?'란 말이 절로 나올 판이었다. 잘못이 들통나면 골치 아프니 1년 쓰고 치워 버리자는 생각 같았다.

"종신 계약으로 임용되었고, 지금 뱃속에 아기도 있습니다. 얼마 전 집을 사서 계약서에 사인도 했어요. 다른 직책을 주신다면 하겠지만 종신 계약이 아니라면 저도 가만히 있지 않겠습니다."

누군가는 그냥 국적을 바꾸면 되는 일 아니냐고 했다. 맞다. 국적을 바꾸면 되는 일이었다. 그런데 나는 내 의지가 아닌 타인의 실수 때문에 국적을 바꾸기는 싫었다. 왜 내가 되고 싶지도 않은 벨기에인이 되어야 하는지 이해가 가지 않았고, 이해를 하고 싶지도 않았다. 어떤 사람에게는 국적이라는 것이 엿 바꿔 먹듯 가볍게 바꿀 수 있는 것이 아님을 이들도 알아야 했다. 수년 전 벨기에 총리였던 이브 레테름 Yves Leterme이 벨기에 국가를 불러 달라는 기자의 요청에 프랑스 국가를 부르는 사상 초유의 일이 벌어진 적이 있다. 그 정도로 벨기에인은 기본적으로 국가에 대한 애착이 없다. 이들에게 한 국가에 소속된다는 것은, 회사를 옮기는 정도의 무게다.

나는 한국 국적도, 이미 계약서에 사인한 내 집도, 시험을 통과해서 얻은 내 공무원 자리도, 그중 어느 것도 절대 포기하지 않을 것이라 다짐했다. 그리고 인사팀의 잘못을 까발리고 참교육을 시전하기로 결심했다.

공무원 인사팀 참교육

처음에는 신문사와 방송국에 제보를 할까 생각했다. 하지만 누가 별 볼일도 없는 말단 공무원, 외국인 노동자의 사연을 비중 있게 다루어 줄까. 이 선택지는 희망이 없어 보였다. 그렇다면 변호사를 선임해서 소송을 걸어 볼까. 그런데 지금 당장 집세도 못 내서 나앉게 생겼는데 무슨 돈으로 변호사를 선임한단 말인가. 게다가 벨기에 행정은 뒷목 잡고 쓰러질 만큼 느려 터져서 판사가 결정을 내리려면 몇 년이 걸릴지 몰랐다. 이 선택지도 접었다. 그러다 아버지와 통화 중에 불현듯 생각 하나가 머릿속을 스쳐 갔다. 조선 시대에도 신문고가 있었는데 여기라고 그런 게 없겠어? 머리를 굴리고 굴리고, 키보드를 두들기고 두들겨 이 일을 해결할 실마리를 찾았다. 내 억울함을 풀어 줄 수 있는 더 높은 나으리에게 읍소를 하는 것이다. 바로 옴부즈맨. 옴부즈맨은 부정한 행위나 공정하지 못한 일에 관한 민원을 조사하고 해결하는 역할을 한다. 쉽게 말해 국민을 대신해 행정기관을 감시하는 더 높은 나으리다. 내가 사는 도시에는 '옴부즈브라우ombudsvrouw'(옴부즈맨의 여성형)가 있었다.

일단 시청 인사팀에 1년 계약직이라도 하겠다고 말했다. 최소한 1년 동안은 대출금을 못 낼 일은 없을 것이다. 나는 1년이 지나기 전에 옴부즈브라우가 이 일을 해결해 주기를 간절히 바랐다. 나의 계획을 알 리 없는 인사팀은 좋은 선택을 했다며 반겼다. 1년 쓰고 버릴 어리바리한 외국인이라서 다행이라 생각했을까?

1년 계약직 자리를 받아들이자 곧 시청의 모든 이가 기피하는 곳에서 면접을 보러 오라는 연락이 왔다. 나는 그렇게 보안요원보다 한 단계 높은 급수인 외국인관리청으로 가게 되었다. 참 사람 일은 알다가도 모를 일이다. 검은 머리 외노자가 외국인관리청 근무라니. 게다가 이곳은 내가 벨기에에 온 지 2주 차에 아이디 카드를 신청하러 왔다가 네덜란드어를 못한다고 무지막지한 모욕을 당한 곳이기도 하다. 바뀐 근무지에서 새로운 업무를 해 나가는 중에 나는 이 문제가 인사팀의 잘못이라는 증거를 수집하기 시작했다. 그리고 유럽연합 국적자여야 한다는 것이 명시되지 않은 구인공고 원본, 1년 계약직으로 전환하라고 나를 구워삶았던 모든 이들의 이름과 언제 어디서 만나 몇 번 이야기를 나누었으며 무슨 제안을 했는지를 다 기록해 옴부즈브라우에 민원을 넣었다.

외국인관리청에서 일을 시작하고 몇 주 후, 옴부즈브라우는 무려 시의회 회의록을 메일로 보내왔다. 내 민원으로 인해 인사팀과 시의회가 그야말로 발칵 뒤집힌 모양이었다. 옴부즈브라우는 '앤트워프 시의 인사과는 인사 공고 시 필요한 모든 정보를 정확하게 공고할 것'이라 권고했다. 그리고 '민원 제기자는 시청 인사팀의 잘못으로 해당 직무를 수행하지 못하는 것이니 현재 임용된 급수로 종신 계약을 유지하고, 해당 국적이 필요하지 않은 다른 부서에서 일할 것'이라고 명시되어 있었다. 그간의 어마어마한 마음고생과 걱정, 미래에 대한 불안이 메일 한 통에 눈 녹듯이 사라졌다.

내가 이겼다. 이제 우리 집을 지켜 낼 수 있게 되었다. 그 회의록에는 나를 구워삶았던 인사팀 사람들이 어떻게 되었는지는 적혀 있지 않았다. 공무원은 철밥통이니 잘리지야 않았겠지만 아마 엄청나게 깨졌을 것이라 추측하고 있다. 나를 멍청한 외국인으로 본 자들에게 말해 주고 싶다.

쌤통이다.

외국인 추방하는 검은 머리 공무원

이 도시에서 외국인관리청은 공무원이라면 대다수가 기피하는 악명 높은 부서다. 한동안은 학생, 회사원, 배우자 등 합법적으로 외국인 등록이 끝난 외국인들에게 거류증을 연장해 주고, 가족관계증명서 등의 서류를 떼어 주는 일을 했다. 편하고 쉬운 일이어서 이곳에 뼈를 묻을 수도 있겠다고 생각했다. 이렇게 한가하고 마음도 편한데 왜 다들 기피할까 하는 의문이 들었다.

벨기에에는 아프리카계 이민자가 워낙 많고, 특히 이 도시가 벨기에에서 브뤼셀 다음으로 큰 곳인 만큼 인근 유럽 국가에서 유입되는 외국인도 엄청나게 많다. 정말 별의별

외국인이 다 모여 있다. 극도로 보수적이고 폐쇄적인 하레
디 유대인이 유럽 내 모든 도시를 통틀어 이곳에 가장 많이
있고, 아기를 안은 채 구걸을 하며 살아가는 집시들도 다수
있으며, 결혼을 빙자해 비자를 받은 후 도망가는 사람, 아
프리카에서 브로커에게 돈을 주고 힘들게 건너와 난민 신청
을 하는 사람 등 상상할 수 있는 모든 종류의 이민자들이
있다.

처음 세 달이 지나고 일이 손에 익어 눈 감고도 처리할
수 있을 정도가 되었을 때, 부서의 책임자가 나를 불렀다.

“영인 씨, 이력서에서 대학 졸업했다고 읽은 것 같은데,
맞나요?”

“네, 출산으로 브뤼셀자유대학교의 대학원 과정은 휴학
중에 있고 한국에서는 대학 졸업 후 대학원에 다녔습니다.”

“그럼 어려운 지문을 읽고 이해하는 것도 잘할 수 있을
것 같은데, 어때요?”

“잘한다고는 말씀 못 드리겠지만, 그래도 대학과 대학
원에서 공부를 했으니 어느 정도는 단련이 되었다고 할 수
있겠지요?”

“그럼 이제 증명서 떼 주고 거류증 연장해 주는 거 말고

다른 걸 한번 해 보는 게 어때요? 추방 명령 떨어진 사람들에게 추방 명령 고지서 내용을 설명해 주고, 사인 받고, 동의하지 않아 변호사를 선임한 사람들에게는 이의신청서 제출 약속도 잡아 주는 일인데 할 수 있겠어요? 이건 아무에게나 시키는 일이 아니에요. 내가 볼 때 이 일을 잘할 수 있을 것 같은 사람에게만 기회를 주는 거예요. 꽤나 어려운 일이거든요.”

“한번 해 보지요, 뭐.”

당시 나는 내가 멍청하지 않다는 것을 증명해야 한다는 생각으로 가득 차 있었다. ‘순진하고 바보 같은 동양인’으로 보이는 것에 질려, 나를 똑똑한 사람으로 인정해 주는 데다 법 조항까지 공부해야 하는 어려운 일을 맡기는 것에 그저 기뻤다. 그 일을 하겠다고 한 것을 두고두고 후회하게 될지도 모른 채 말이다.

그렇게 나는 추방 명령을 받은 사람들에게 정부의 결정을 공지하는 일을 하기 시작했다. 법 조항과 용어는 유럽연합 상법을 공부하며 많이 익혔기에 크게 어렵지는 않았다. 하지만 그 일을 시작하고 얼마 안 있어 나는 매일 울면서 집에 왔고, 집에 와서도 울었다. 이곳이 악명 높은 이유가 있었다. 감정노동의 강도가 너무 셌다.

어떤 사람은 배우자의 경제적 요건이 충족되지 않아 결혼 비자 신청이 거부되면서 추방 명령을 받았고, 또 어떤 사람은 아무 관계도 없는 벨기에인에게 돈을 주고 커플인 척한 것이 들통나서 추방 명령을 받았다. 기초생활보조금을 타기 위해 정부에서 잡아 준 구직 면접을 가지 않고 수년간 버티다가 결국 추방 명령을 받는다던가, 마약 판매나 절도 등 각종 불법적인 일을 저질러 추방 명령을 받는 경우도 있었다. 이유가 무엇이든, 벨기에에 정착해 살아온 사람들에게 이제 이곳에 있을 권리가 없다고 말하며, 법 조항을 명시한 추방 명령 고지서 내용을 설명하고 서명을 받아내는 일은 나 같은 잡초에게도 감당하기 힘든 일이었다. 추방 명령을 받는 사람들의 대부분이 공공임대 주택에 살며 기초생활수급을 받고 있었고, 대개는 아이들도 있었다. 사지 멀쩡한 사람이 법을 악용해 기초생활수급을 받는 것은 분명 잘못된 일이었지만, 정부 지원이 끊기고 의료보험 혜택도 받을 수 없게 된 채 한순간에 길에 나앉게 된 상황을 어떻게 이해시키란 말인가.

추방 명령에 동의를 한 추방 대상자를 타 기관에 인계하면 그곳에서 고국으로 돌아갈 수 있도록 비행기표를 전액 지원해 준다. 그러나 대부분의 사람들이 순순히 돌아가지 않는다. 그들은 서류상에서 사라진 채로 불법체류자가 되어 살아간다. 물론 추방 명령에 동의하지 않으면 소송을 할 수도 있다. 그러나 추방 결정이 바뀔 확률은 거의 없다. 게다가 소송에서 패하면 3개월 안에 벨기에를 떠나야 한다는 조항이 '1개월'로 바뀌고, 다시 소송을 해서 패하면 '즉시 추방'으로 바뀐다. 이 경우에는 더 이상 소송을 할 수 없다.

고지서에 서명을 하는 것은 추방에 대한 동의가 아니라 추방 명령을 고지받았음을 확인하는 절차다. 그럼에도 사람들은 서명하기를 거부했고, 내 앞에서 소리를 지르거나 우는 경우가 다반사였다. 서명을 하지 않아도 추방 명령의 효력은 지속된다. 효력을 정지시키는 유일한 방법은 소송이었다. 말단 공무원으로서 나는 내 역할을 할 뿐 나에게는 아무런 권한이 없었다. 그들의 사정이 딱하건 말건 나는 나에게 주어진 일을 해야 했기 때문에 더욱더 자괴감이 들었다.

한번은 상사에게 이 사람들을 도와주고 싶다고 말했다가 그런 일을 하려는 거라면 이곳이 아니라 구호단체에 가야 했다며, "주소를 잘못 찾았다"는 말을 들었다. 세상만사 알다가도 모르겠다. 불과 2년 전만 해도 창구 밖에서 불친절한 행정 서비스에 분개하며 벨기에에 대한 적개심을 불태우고 있었는데, 지금은 창구 안쪽에서 사람들에게 추방 명령 고지서에 서명을 하라고 말하고 있다니. 창구 밖에 있을 때는 공무원들의 일이 이렇게 어려운지 미처 몰랐다. 어느 날은 한 사람이 "윗사람 불러오라"며 소리를 고래고래 지르기에 직속 상사를 불러왔다가, 상사가 그 사람에게 뺨을 맞는 상황이 벌어진 적도 있다.

매일 녹초가 되었다. 심지어 월급은 이 직책의 급수보다 한 단계 낮게 받으면서 대학 졸업장이 있다는 이유로 힘든 일을 하고 있었다. 집에 돌아와서 운 날이 안 울었던 날보다 더 많을 정도로 마음이 점점 피폐해져 갔다.

한 가지 위로가 되어 주는 것은 동료애였다. 조직이 상대해야 할 외부의 적이 강한 경우에는 서로 똘똘 뭉치게 된다. 덕분에 조직 내 팀워크가 좋다. 벨기에 사람들의 의리를 처음으로 느낀 곳이 아이러니하게도 이곳이었다. 곤혹스러운 상황에서 동료들은 내 편을 들며 나를 도왔다. 그날도 그랬다. "너도 외국인인 주제에 누가 누구한테 추방이네 뭐

네야. 난 벨기에 사람이랑 말하고 싶으니까 벨기에 사람 불러와"라며 버티는 외국인에게 한 동료가 나 대신 그에게 맞섰다. "제 동료가 당신보다 그리고 저보다 더 똑똑하거든요! 그러니까 괜히 트집 잡지 말아요."

또 다른 동료는 "우리는 네가 한국 사람이든 중국 사람이든 일본 사람이든 중요하지 않아. 너는 그냥 우리의 영인이야, 그게 중요하지"라고 말해 눈물이 핑 돌게 만들기도 했다. 아버지는 벨기에에 이민 가서도 한국인임을 잊지 말고 한국인들과 교류하며 지내야 한다고 말씀하셨다. 그 나라에 정을 붙이려면 마음 터놓을 수 있는 한국인이 있어야 한다고. 같은 문화와 언어를 공유했으니 한국인끼리 공감하는 것이 물론 더 수월할 것이다. 그러나 색목인도 사람이고 그들에게도 마음이 있다. 벨기에에 이민을 온 후 마치 물과 기름처럼 나는 이곳에 섞이지 못할 것 같은 느낌을 늘 받았는데, 우리는 '마음'을 가진 다 같은 사람이라는 것을 아이러니하게도 이 도시의 최고 3D 부서에서 느끼게 되었다.

동료들과의 따뜻한 관계 속에서도 업무 스트레스는 줄지 않았고, 그 때문인지 몰라도 아기가 예정일보다 3주나 일찍 나와 버렸다. 아기는 저체중이었지만 다행히 인큐베이터에 들어가지는 않아도 되었고, 나는 3개월의 출산 휴가로 매일 울며 귀가하게 하는 일에서 잠시나마 벗어날 수 있었다. 아기를 돌보고 새로운 것들을 배우다 보니 3개월은 눈 깜짝할 사이에 지나갔다.

벨기에의 공식적인 출산 휴가는 3개월이다. 그리고 그 이후 아이가 12살이 되기 전까지 사용할 수 있는 4개월의 육아 휴직이 추가로 주어진다. 4개월간 전혀 일을 하지 않아도 되고, 아니면 일주일에 하루 일을 하지 않는 식으로 몇 년간 나누어 쓸 수도 있다. 나는 나중에 후자의 방법으로 그 시간을 사용하기로 결심하고 다시 출근을 했다. 마음 같아서는 당장 4개월을 내리 더 쉬고 싶었지만, 그런다고 출근하기 싫은 곳이 룰루랄라 콧노래를 부르며 출근하는 곳으로 바뀌진 않을 것 같았다. 매도 먼저 맞는 편이 낫다.

드디어 찾아온 탈출의 기회

벨기에에서는 임신 사실을 알자마자 어린이집 찾기 전쟁이 시작된다. 어린이집 수가 한정되어 있다 보니 맞벌이 부모들은 그야말로 목숨을 걸고 어린이집을 찾는다. 출산 휴가가 끝나기 전에 어린이집을 구하지 못하면 출근을 하지 못할 수도 있기 때문이다. 나는 옴부즈브라우에 넘길 자료를 모으는 틈틈이 어린이집을 알아보았고, 출산 직후 자리가 났다는 연락을 받을 수 있었다.

맞벌이 가정이 많은 벨기에에서는 상당수의 아이들이 생후 3개월부터 어린이집에 간다. 아기를 처음으로 어린이집에 등원시키러 간 날, 아직 핏덩이인 아기를 건네주고 나서도 발길이 떨어지지 않았다. 자꾸 눈물이 나려 했다. 한참 동안 그 자리에 서 있자 내 마음을 알아차렸는지 어린이집 선생님이 아주 어린 아기를 보여 주며 말했다.

"3개월이니까 아직 어린 것 같죠? 근데 애는 생후 3주예요. 참 작죠? 이 아기의 어머니는 자영업을 해서 어머님처럼 3개월의 출산 휴가를 쓸 수가 없어요."

아직 엄마가 누군지도 모를 시기라 낯가림도 하지 않는 아기를 보며, 그래도 나는 아기와 3개월을 같이 있었으니 다행이라는 생각이 들었다. 그렇게 다시 출근을 했다.

마치 전쟁처럼 치러지는 추방 명령 고지와 분노하는 사람들 속에서 나날이 지쳐 갔다. 그들에게는 내가 말단 공무원이란 사실이 중요하지 않았다. 그들에게 나는 곧 벨기에 이민청 그 자체였고, 분노와 화를 나에게 쏟아냈다. 또다시 매일 울면서 집으로 돌아왔다. 단언컨대, 내 인생에서 가장 힘든 일이었다. 공장에 나가 하루 종일 몸을 쓰며 일하는 것보다 타인의 고통과 불행을 매일 목도하는 일이 몇 배는 고통스러웠다.

좋은 동료들만 바라보며 이 일을 하다가는 추방 명령

을 받은 사람들이 벨기에를 떠나기 전에 내가 먼저 이 세상을 떠나게 될 것 같았다. 그렇게 매일 울며 집에 오는 생활이 1년 정도 반복되고 있던 어느 날, 드디어 탈출의 기회가 나타났다. 시 공무원 사내 포털사이트에 새로 올라온 구인 공고였다.

<새로운 프로젝트 참여자 모집>
1년간 4개의 부서를 돌며 근무합니다. 3개월을 근무한 뒤 다음 부서로 배정이 되고, 지원자가 선택한 부서에 인원 충원이 필요한 상황이라면 그 부서에서 계속 머무를 수도 있습니다. 적성에 가장 잘 맞는 부서를 찾아보세요.

벨기에의 직장판 사랑의 스튜디오인 것인가? 나는 이것이 기회로 여겨졌다. 하늘에서 내려온 동아줄을 잡기로 했다. 처음으로 깊은 유대감을 느낀 동료들을 떠나는 것이 아쉬웠지만, 이곳에 계속 있다가는 내 명대로 못 살 것이 분명했다. 특히나 회사에서 받은 스트레스와 가라앉은 기분을 털어내지 못하고 집에 고스란히 가져오는 바람에 집에서도 계속 쳐졌다. 아기에게 쓸 에너지를 이미 다 소모해 버린 상태였다. 야근을 밥 먹듯 했던 미국계 회사가 그리워질 정도였으니, 어딜 가도 이곳만 아니면 괜찮겠다는 마음이었다.

나를 포함해 7명의 지원자는 각기 다른 부서로 배정이 되었고, 로테이션으로 3개월마다 부서를 옮겨 다니게 될 예정이었다. 처음 3개월은 도시관리과에서 근무했다. 나에게 맡겨진 업무는 오래된 행정 문서를 스캔해 시스템에 옮기는 것이었는데 단순 업무의 반복이었다. 해당 부서에 남을지 안 남을지 모르는 사람에게 간단한 잡무 이외의 일은 맡기지 않았다. 어찌 되었건 외국인관리청보다는 정신적으로 덜 피폐했지만, 좀 더 의미 있는 일을 하고 싶다는 생각이 절로 들었다. 그다음 3개월은 극성수기 여름의 공립 야외수영장에서 계산원으로 일했다. 에어컨도 안 나오는 쪽방에서 입장료를 계산하고 로커룸을 사용할 동전을 바꿔 주며 하루 종일 털 많은 색목인들의 몸을 봤다. 3개월을 채우자마자 다음 부서로 옮겨 갔다. '다음에는 좀 더 의미 있는 일을 하지 않을까?' 3개월이 지날 때마다 기대를 했고, 그 기대는 이내 실망으로 바뀌었다. 그래도 두 번의 기회가 더 남아 있었다. 아직 희망을 버리기엔 일렀다.

　　그다음은 문화재 도서관이었다. 이 도시의 역사와 관련된 서적들과 시에서 발간하는 팸플릿 및 서적들을 소장하는 곳이다. 도시에서 가장 오래된 역사지구에 위치해 있었고, 숨을 멎게 하는 아름다운 서고를 자랑했다. 당장이라도 해리포터와 헤르미온느가 튀어나와 주문을 외울 것 같았다. 하지만 3개월이 지났을 때, 나는 다른 부서로 가는 선택을 했다. 멋진 공간과는 별개로 라틴어와 네덜란드 고어로 쓰인 장서가 가득한 이곳에 나 같은 외국인이 있을 이유가 없었다. 나는 라틴어도 못하고 현대 네덜란드어도 버거운데, 고어까지 숙달해야 하는 곳에서 어찌 마음 편하게 일을 할 수 있단 말인가. 한국에 온 외국인이 훈민정음 언해본의 "나랏말싸미 듕귁에 달아…"를 이해하지 못하듯이, 네덜란드 고어가 내게는 높은 장벽이었다. 나는 마지막 카드를 쓰기로 했다. 이제 남은 기회는 단 한 번이었다. 그렇게 주사위는 던져졌다.

빈민가의 동양인 사서

마지막으로 간 곳은 앤트워프 시 공공 도서관의 분관이었다. 시에는 중앙도서관 이외에도 동별로 작은 도서관이 여럿 있었는데, 이 도서관은 난민과 중동, 북아프리카 이민자들이 사는 빈민가 한가운데에 있었다. 나를 포함해 직원 3명이 꾸려 나가는 작은 도서관이었다.

정부 지원 영세민 아파트에 사는 아이들이 학교 수업이 끝나면 몰려왔다. 아예 집에 가지 않고 곧바로 도서관으로 와서는 문을 닫을 때까지 머무는 아이들이 부지기수였다. 무슬림 이민 가정은 아이를 보통 셋 이상 낳는데 영세민 아파트의 공간이 충분할 리가 없다. 부모는 밖에 나가 놀라고 하고, 빈민가인 만큼 아이들에게 안전하고 따듯한 곳이 거의 없다. 근방에는 마약이 거래되거나 돈세탁을 하는 등 안전하지 못한 곳이 많은 데다 고담시티 같은 벨기에는 대부분 흐리거나 비가 온다.

아이들에게 책을 읽어 주고 네덜란드어를 하지 못하는 엄마를 대신해 숙제도 봐 주다 보니, 어느덧 "도서관 선생님"을 부르며 내 뒤를 졸졸 쫓아다니는 작은 팬클럽이 생겼다. 드디어 내가 있어야 할 곳을 찾았다! 여기서 일하는 3개월 내내 보람을 느꼈다. 나는 이곳에 남기로 결정했고, 도서관에서도 나에게 남아 달라고 요청을 했다. 그렇게 사랑의 작대기가 서로를 향했다.

나는 어린이교육 담당 사서가 되었다. 각종 독서 관련 이벤트와 인근 초등학교 어린이들의 도서관 방문을 월 단위로 기획했고, 작가들에게 도서 강연을 제안하며, 어린이들의 독서 장려 프로그램을 짰다. 도서관 문이 닫힐 때까지 있는 아이들과 놀아 주고 말 상대를 해 주느라 정작 내 자식은 제대로 보지도 못할 만큼 녹다운 되는 날이 많았다.

빈민가는 인구밀도가 무척 높다. 나를 포함한 3명의 사서가 인근 초등학교 72개 학급의 도서관 방문과 책 대여·반납 확인을 비롯해 책을 제자리에 다시 꽂는 일에, 베이비시터 역할까지 해야 했다. 이뿐만이 아니었다. 네덜란드어를 못하는 난민들이 정부로부터 받은 문서를 설명해 달라고 오는 일도 많았다. 형사들의 잠복근무를 돕기도 했다. 마약 거래를 위해 도서관의 공공 와이파이를 사용하는 청소년들이 있었기 때문이다. 또 라마단 기간에는 낮 동안 밥을 먹지 못해 그런지 몰라도 괜히 행패와 짜증을 부리고 가는 사람들도 있었다.

정말 별의별 일이 다 일어나는 곳이었는데, 그중에서도 유독 잊히지 않는 한 아이가 있다. 사춘기가 막 시작된, 12세가량의 모로코계 이민자 가정의 아이였다. 좀 껄렁대고 센 척하는 중2병 걸린 아이인가 보다 생각했는데, 하루는 너무 심하게 떠들고 심지어 다른 아이들을 위협까지 하기에 한마디를 했다.

"좀 조용히 할까? 여기 너만 있는 건 아니잖아."

"더러운 중국 창녀가 뭐라는 거야."

어디 머리에 피도 안 마른 것이 뚫린 입이라고 이런 막말을 하나 싶었다. 마음 같아선 등짝이라도 한 대 치고 싶었지만 남의 집 자식이라 방법이 없었다. (내 자식이 저랬으면 등짝 맞는 정도로 끝나지 않았을 것이다.) 그렇다고 아무 일도 없었던 것처럼 지나치기엔 선을 넘어도 아주 많이 넘은 언행이었다. 아무래도 부모에게 아들의 행실을 알려 주는 것이 맞겠다 생각했다. 도서관 회원 정보에는 부모의 연락처나 집 전화번호가 기록되어 있지 않았다. 주소를 보니 도서관에서 1분 거리. 나는 아이의 집으로 향했다.

띵동.

벨을 누르고 기다리니 히잡을 쓴 젊은 여자가 나왔다. 나이로 보아 누나인 것 같았다.

"안녕하세요. 저는 요 앞 도서관 사서인데요, 이 집 아드님 관련해 상의할 것이 있어서 왔습니다. 부모님 집에 계시나요? 이야기를 좀 하고 싶은데요."

젊은 여자는 지금 부모님이 없으니 자기에게 말하라고 했다. 나는 무슨 일이 있었는지 설명하고, '그런 말'은 여자로서도, 소수 인종으로서도, 인간 대 인간으로서도 받아들일 수 없는 것이며 아이의 사과를 원한다고 말했다. 여자는 부모님께 전하겠다고 했다. 그리고 한동안 중2병 제대로 걸린 아이를 보지 못했다.

일주일쯤 지났을 때 한 아랍 계열 중년 남자가 찾아왔다. 남자 동료를 구석에 데려가 이야기를 나누길래 무슨 일인가 싶어 주시했는데, 그 남자가 돌아간 후 동료가 이렇게 말하는 게 아닌가.

"저 사람, 며칠 전에 너한테 막말한 아이의 아빠야. 자기 아들이 너한테 그런 것은 유감이고 중국 사람들 한 성깔하니까 조심해야 한다고 단단히 일렀대."

맙소사. 어이가 없다는 말은 이럴 때 쓰라고 있는 것이다. 입이 벌어질 만큼의 충격이었다. 게다가 사과는 내가 받아야지, 왜 동료에게 했는지 이해할 수 없었다.

"그 사람 제정신 맞아? 그리고 사과를 하려면 나한테 해야지 왜 너한테 하는데?"

"내가 남자니까. 저 사람 모로코 사람이라서 여자인 네가 아니라 나한테 대신 말한 것 같아."

나는 그렇게 역대급 막장 사과를 남을 통해 받았다.

그 이후로도 그 아이를 보지 못했다. 아무리 미워도 안 보이면 걱정이 되기 마련이다. 다른 아이들에게 아이의 소식을 물으니, 학교에서 다른 학급 아이와 커터칼로 싸워서 소년원에 갔다고 했다. 많이 놀란 동시에 그 아이와 그의 아버지를 떠올렸다. 이민한 사회에 동화되지 않고 살아가는 저소득층 이민 가정의 2세대와 3세대의 삶이 쉽지 않음을 새삼 느꼈다.

이 사건으로 인해 나는 더욱더 큰 책임감을 가지게 되었다. 빈민가의 아이들이 배움의 기회를 얻고 스스로의 가능성을 발견하도록 돕고 싶었다. 몸은 지치고 힘들었지만, 하루하루 최선을 다해 아이들을 내 자식 대하듯 대했다. 도서관에 오는 거의 모든 아이의 이름을 외웠고, 실제로 아이들과 깊은 유대감을 쌓아 갔다. 나는 이 아이들이 조금이라도 빨리 빈민가 이민자 가정의 굴레에서 벗어나기를 바랐다. 특히 여자아이들은 집안일을 도와야 한다는 이유로 고등 교육을 받을 기회가 현저히 적었다. 나는 여자든 남자든 누구나 책을 읽고 공부하기를 바라며, 우선 아이들이 안전한 공간에서 마음 편히 책을 읽을 수 있도록 해 주고 싶었다. 드디어 하고 싶은 일을 찾은 것 같았다. 한국에서도 교사가 되기 위한 공부를 했지만, 그때는 여자 직업으로 교사가 최고라는 아버지의 뜻이 더 컸다. 그런데 수년이 지나 지구 반대편에서 아버지의 바람대로 누군가가 배우는 것을 돕는 자리

에 서 있었고, 그 일에서 더없는 보람을 느끼고 있었다. 사람
들에게 '즐거움과 행복'을 주는 일을 하고 싶었는데, 어느새
그 일을 하고 있는 나 자신을 발견했다.

아기 안고 울면서 한 대학원 공부

못다한 공부의 한. 팔십 인생을 산 것도 아닌데 '한'이라고 하기엔 너무 거창하지만, 그 비슷한 감정을 나는 늘 가지고 있었다. 결혼해 벨기에로 오느라 교육대학원 중퇴, 벨기에에 온 지 얼마 안 되어 호기롭게 대학원 문화경영 과정에 등록했으나 언어의 벽과 학창 시절 수학과 담쌓고 산 죄로 중퇴, 1년 후 브뤼셀자유대학교 대학원에 미술과학 전공으로 입학, 임신과 출산으로 중퇴.

이쯤 되면 중퇴계의 떠오르는 샛별이다. 나는 순진하게도 아이를 낳고 나서 대학원으로 돌아갈 수 있을 줄 알았다. 그런데 도서관 일에 치이고 육아에 치이며 현실을 깨달았다. 일을 하고 아기를 키우며 같은 도시도 아닌 브뤼셀로 공부하러 다니는 것은 불가능에 가까웠다. 인생은 삼세판이라는데 세 번 다 실패다. 그럼에도 벨기에 학위에 대한 마음이 쉽게 포기되지 않았다. 나는 이 나라의 학위를, 졸업장을 갖고 싶었다.

네가 너무 갖고 싶어.

무슨 로맨스 소설의 제목쯤이나 될 것 같은 이 말은 당시 내 마음을 가장 잘 표현한 문장이다. 공공도서관의 관리직이 아닌 일반 사서는 대학 졸업장이 필요 없다. 고등학교 졸업장만으로도 충분했다. 하지만 미래에 내가 어떤 곳에서 무슨 일을 할지는 알 수 없지 않은가. 지금 하는 일이 재미있다고는 해도 인생의 풍파는 언제든 닥쳐올 수 있는 법. 미리미리 대비를 해 놓아야 한다. 그간 겪은 일을 되돌아보면 왠지 풍파가 끝나지 않은 것만 같은 느낌적인 느낌이 들었다.

그러던 중에 앤트워프대학교 대학원 과정에서 문헌정보학을 발견했다. 나는 도서관에서 근무하며 사서 일이 나에게 잘 맞다고 생각하고 있었다. 사서가 좋았던 이유 중에 하나는 (웃기게도) 부연 설명이 필요 없는 직업이라는 것이었다.

직업이 어떻게 되세요?
회사원이에요.
어떤 직장 다니시는데요?/무슨 일을 하시는데요?

이런 식으로 이어지는 대화에서 '사서'는 구구절절 설명할 필요가 없다. 또 다른 이유는 남을 잘되게 도울 수는 있어도 망하게는 할 수 없는 직업이란 점이었다. 책을 대출하다 뭐가 잘못되어 봤자, 그래 봤자 책이다. 외국인관리청에서 추방 명령을 고지하는 일은 남의 인생을 박살 낼 수도 있었지만, 사서는 잘돼도 책, 못돼도, 그래 봤자 책이다. 게다가 도서관은 거대한 보물 상자와도 같아서, 무심코 고른, 그래봤자 책일 뿐인 어느 한 책이 누군가의 인생을 완전히 바꾸어 놓는 계기가 되기도 하니 얼마나 멋진가. 그리고 책은 언제나 무고하다. 도서관에서 기분 상하는 일이 생긴다? 그것은 100프로 사람으로 인한 것이다.

생각할수록 이 일의 장점이 컸다. 혹시라도 문헌정보 분야의 또 다른 곳에서 일할 기회가 찾아올 수도 있고, 정글과 같은 벨기에서 나를 지켜 줄 무기 하나는 구비해 두는 것이 좋겠다는 생각이 들었다. 육아와 일을 병행해야 했으므로 같은 도시에 있는 학교여야 했는데, 행운이었다. 이번이 마지막이라는 생각으로 앤트워프대학교 대학원에 지원했다.

앞서 말했듯이 벨기에는 4개월의 육아 휴직이 가능하다. 4개월을 쭉 이어서 쓸 수도 있고 나누어 쓸 수도 있는데, 나는 20개월간 일주일에 하루는 출근하지 않고 대학원 수업을 들으러 가기로 결정했다. 대학원은 2년 과정이었고, 20개월 이후는 연차를 갈아 넣겠다는 마음이었다. 육아 휴직을 대학원 공부에 사용한다는 것이 아기에게 무척 미안했지만, 아기의 안정된 미래를 위한 투자이며 엄마의 행복이 곧 아기의 행복이라는 생각으로 마음을 굳게 먹었다.

문헌정보학이니 아무래도 도서관 근무 경험이 도움이 되지 않을까 기대를 했는데 막상 공부를 시작해 보니 도서관 근무 경험은 있으면 좋고, 없어도 그만이었다. 주로 이

론적인 것을 배웠기에 도서관에서의 경험보다 네덜란드어로 많은 정보를 읽고 소화하는 능력이 더 중요했다.

나는 앤트워프대학교에서 문헌정보학 과정을 창설한 이후 모국어가 네덜란드어가 아닌 최초의 학생이자 최초의 동양인이었다. 네덜란드어가 모국어인 학생들에 비해 글을 읽는 속도가 현저히 더뎌서 벼락치기는 꿈도 꿀 수 없었다. 매일매일 읽어야 할 페이지를 정해서 꼭 끝내고 잤다. 그렇지 않으면 과제 기한까지 책을 다 읽는 것은 불가능했다. 남편은 밤에 음악을 가르치고 주말에도 콘서트에서 연주를 했기 때문에, 거의 독박 육아에 가까운 상황에서 일과 공부를 병행했다. 주중에는 퇴근 후 아기를 안고 울면서 공부를 했고, 주말이면 시부모님 댁에 가서 시부모님께 아기를 맡겨 놓고는 다락방에 처박혀서 공부를 했다. 아기와 함께하지 못해 미안했지만 한 공간에 있다는 것으로 위로를 삼았다.

지금 와서 생각해 보면, 그걸 어찌했는가 싶다. 문헌과 역사에 관한 과목뿐 아니라 컴퓨터 네트워크 기술, 정보의 구조화, 정보의 검색 등 아예 생소한 과목도 많았다. 그리고 내 최대의 적, 수학도 있었다. 문헌정보학은 "정보학"이었던 것이다. 수학은 쳐다도 보지 않았던 학창 시절의 나를 다시

한 번 책망했다. 저작권관련법도 공부해야 했는데 법학이 왜 여기서 나오는지 어질어질했고, 중후한 몇몇 교수님들의 높낮이 없는 목소리는 아기 때문에 한숨도 못 잔 나에게 자장가로 들렸다. 아기는 거의 매일 새벽에 깨서 울어댔고, 일하랴 공부하랴 나는 정신이 하나도 없었다. 어느 날에는 도대체 내가 왜 공부를 한다고 했을까, 후회가 밀려오기도 했다. 무슨 과제는 이리 많고, 읽어야 할 책은 끝이 없는 것인가. 하지만 어차피 하기로 한 것, 대충 하고 싶지 않았다. 육아 휴직을 공부에 쓴다는 건 아기가 준 기회나 마찬가지였다. 이에 보답하기 위해서라도 이번에는 중퇴를 하면 안 되었다. 중퇴로 끝이 난다면 아기를 볼 면목이 없을 것이었다. 아기에게 떳떳해지는 길은 졸업장을 따는 것밖에는 없다고 생각했다.

처음에 약 80명이던 학생이 반년이 지났을 때는 절반 정도로 줄었다. 나는 다행히도 그때까지 달랑달랑 붙어 있었다. 그리고 "문송합니다"(문과여서 죄송합니다)를 외치는 것은 나만이 아니었다. 어떤 학생은 스트레스 때문인지, 수학 강의 중인 교수님에게 막말을 하고 강의실을 나간 후 다시는 돌아오지 않았다. 사실 막말이라면 교수님이 먼저 하긴 했다. 몇 점부터 몇 점까지는 "똑똑한 학생", 그다음 점수 군은 "머리가 그래도 좀 돌아가는 학생", 그다음은 "일반인", 그다음은 "머리가 나쁜 사람"이며, 언어 전공 학생들은 뒤의 두 그룹에 속한다고 하신 것. 나 또한 언어 전공자로서 기분이 좋지 않았지만 인생은 참는 것이 8할이라는 것을 배우고 있었기에 그냥 입 다물고 있었다.

수학은 어려웠지만, 절박함과 몸으로 때운 경험치가 합해져 어느 과목에서는 꽤 그럴싸한 결과물을 내놓기도 했다. 조별과제였는데 사교적인 서구인들과는 사뭇 다른 소심한 벨기에인들은 발표 때 내 등 뒤로 숨었다. 애도 낳았는데 이제 무서울 것은 없다는 마음으로 나는 조장을 맡았고, 남의 나라 말로 발표도 했다. 왜 외국인인 내가 이걸 해야 하지 싶었지만 아무도 나서지 않으니 어쩌겠는가. '나는 나의 최선을 다하고 있으니 내 완벽하지 못한 네덜란드어가 고까우면 그건 너의 인성 문제다'라는 정신으로 부끄럽고 숨고 싶은 본심을 덮었다. 지성이면 감천이라 하지 않았나. 그 과제에서 좋은 점수를 받았다.

단 한 과목을 제외하고 2년간 전 과목을 1차 시험에서 통과했다. 엄마였기 때문에 가능한 일이었다. 아기에 대한 미안함과 고마움이 없었더라면 이렇게까지 열심히 하지는 않았을지도 모른다. 피 말리는 2년을 뒤로하고, 나는 '중퇴계의 샛별' 타이틀에 작별을 고했다. 드디어 그렇게 갖고 싶었던 대학원 졸업장을 손에 넣은 것! 그리고 놀랍게도 내가 졸업장을 그토록 원했던 이유 중 하나인, '인생의 풍파를 대비해야 한다'는 것이 금세 현실이 되었다. 바람 잘 날 없는 내 인생의 싸한 느낌은 역시나 느낌으로 끝나지 않았다.

엘프처럼 생긴 사이코 상사

빈민가의 도서관에서 일한 지 4년이 지났다. 문헌정보학 대학원 졸업장을 손에 넣었지만 나는 여전히 고등학교 졸업장만 있으면 되는 급수로 일을 하고 있었다. 일이 정말 많았는데, 2명의 동료 중 하나가 지나치게 느긋한 데다 커피 마시러 탕비실에 들어가면 감감무소식이고, 전화 한번 받으러 나가면 함흥차사가 되었다. 불행 중 다행으로 또 다른 남자 동료는 우직하게 일을 했기에 고된 도서관 일을 함께 해 나갈 수 있었다. 셋이지만, 둘이나 마찬가지였다.

하루는 상사가 온다는 소식을 들었다. 직원이 셋뿐인 곳에 상사가 왜 필요한지 이해할 수 없었지만 '높으신 분'들이 결정했다는데 받아들이는 수밖에.

　상사는 금발에 푸른 눈, 마르고 예쁜 얼굴, 생글생글 미소를 가진 사람이었다. 왠지 엘프를 떠올리게 했다. 그런데 친절한 말투에서 뭐라고 설명할 수 없는 싸한 느낌이 스쳤다. 정글 같은 벨기에살이가 가져다준 위험 탐지 능력이었다. 그리고 함께 일한 지 몇 주가 지났을 때쯤, 내 레이더가 이번에도 적중했다는 사실을 확인했다(나의 레이더는 대략 90퍼센트 이상의 적중률을 자랑한다). 예쁜 얼굴의 상사는 커피만 열심히 마셔대고 전화하러 나갔다 하면 함흥차사가 되는 동료를 다른 곳으로 보내 버렸다. 그것이 그녀가 이곳에 와서 한 첫 번째 일이었다. 게으른 동료가 다른 곳으로 가 버리면 좋겠다고 생각한 적이야 있지만, 이렇게 일사천리로 해결해 버릴 줄이야.

　빈민가의 도서관은 다른 분관들 사이에서도 3D업장으로 유명했다. 아이들이 한번 들어오면 문을 닫을 때까지 집에 가지를 않고, 온갖 범죄가 도서관 근처에서 일어나며, 인근 학급의 도서관 방문이 직원 10명 이상의 구립 도서관보다 2배는 많았기 때문이다. 그런데 이 엘프 상사는 우리가 하는 일이 충분하지 않다고 생각했다. 더 많은 학급을 받아라, 독서를 장려하는 활동을 만들라며 우리를 쥐어짰다. 그러고 본인은 오후 4시가 되면 칼퇴근을 했다. 인원 충원이나 다른 도서관과 연계해 거리가 더 가까울 경우 해당 구역의 도서관으로 학급을 보내는 등의 정작 필요한 일은 하지 않았다.

게다가 엘프 상사의 마이크로 경영은 사람을 미치고 팔짝 뛰게 했다. 메일을 쓰고 있으면 옆에서 계속 지켜보았고, 출근 시간, 점심시간, 퇴근 시간을 분 단위로 확인했다. 개인의 강점을 고려하지 않는 업무 분담도 문제였다. 남자 동료는 이용객 응대에 탁월하고 그 자신도 그 일을 선호했으나, 그에게 억지로 여러 행정업무를 맡겼다. 또 작은 도서관에서 말도 안 되게 자주 회의를 열었는데, 발제를 하지 않으면 의견을 내라고 강요했고, 다음 회의에서는 제시한 의견이 실현되었는지 초등학생 숙제 검사하듯 끊임없이 쪼아댔다. 인력이 충분한 다른 도서관에서 하는 어린이 워크숍이나 독서클럽이 부러웠는지 우리 도서관에서도 해야겠다며 밀어붙이기도 했다. 실제로 일하는 사람이 둘밖에 되지 않아 가뜩이나 한 사람에게 맡겨진 업무가 많은 상황에서, 과도한 업무 부과와 통제는 나와 동료를 지치게 만들었다.

약 두 달이 지나고, 농땡이를 치다 쫓겨난 직원을 대신해 새로운 사람이 왔다. 그는 시키는 대로 하기보다 자기주장을 강하게 펼치는 사람이었는데, 엘프 상사의 과한 업무 지시에 이의를 제기했다가 대략 8개월 만에 일자리를 잃었다. 자기 의견에 반대하고 자신을 인격적으로 모독했다며 엘프 상사가 인사팀과 함께 상벌위원회를 열어 그를 해임한 것이었다(새로 온 동료가 이의를 제기하며 상사에게 막말을 한 것은 사실이다). 엘프 상사가 인사팀에 어떻게 이야기를 했는지 몰라도, 철밥통이라는 공무원을 해임하는 것은 인사팀의 적극적인 지원 없이는 불가능한 일이었다. 철밥통도 잘릴 수 있다는 것을 이때 알았다. 무엇보다 한 가정의 가장을 전근 정도로 그치지 않고 아예 해임하는 것을 보며 큰 충격을 받았다.

또 엘프 상사는 내가 뭘 하기만 하면 "이렇게 하면 안 된다"라며 꼬투리를 잡았는데, 어느 날은 뜬금없이 자기는 사회복지학을 공부했다면서, 내가 가진 문헌정보학 학위는 공공도서관 채용에는 쓸모가 없고, 특히 빈민가의 도서관에서는 사회복지학이 훨씬 낫다고 말했다. '이 사람이 도대체 왜 이럴까'라는 생각을 자주 했다.

계속 이러한 대우를 받으니 나 자신이 정말 일 하나 제대로 못하고 쓸모없는 학위나 가진 멍청이처럼 느껴졌다. 급격하게 무기력하고 우울해졌다. 내가 있어야 할 자리를 이제야 찾았는데 어느 순간 이곳에서 도망치고 싶어졌다. 상사의 얼굴만 봐도 숨이 콱콱 막혔다. 아무거나 잘 먹던 내가 식욕을 잃고 소화도 되지 않았다. 물에 젖은 솜이불처럼 몸도 마음도 축축 처지고 무거웠다. 스트레스가 만병의 근원이라더니 그가 온 이후로 몸 여기저기가 아프기 시작했고, 수술도 한 차례 받게 되었다. 잠들지 못하고 깨어 있는 밤이 잦아졌고 하루 종일 멍한 상태로 지냈다. 어느 날은 차를 몰고 집으로 가다가 몽롱한 정신에 주차되어 있는 차를 들이받는 일이 있었다. 그때 정신이 번쩍 들었다. '이곳을 내 발로 벗어나지 않으면 정말 죽을 수도 있겠구나.' 버티는 것에 자신 있는 편이지만, 때로는 도망치는 것이 답일 수도 있는 것이다.

그곳에서 벗어나기 위해 한 단계 더 높은 급수의 공무원 시험을 보았다. 두 번 시도했는데, 두 번 다 필기는 붙고 면접에서 떨어졌다. 면접 시 분위기는 화기애애했기에 어째서 떨어진 것인지 이해가 가지 않았다. 인사팀의 블랙리스트에 오른 것일까 하는 생각도 들었다.

두 번의 시도가 모두 도루묵이 되니 힘이 빠졌다. 아무런 의지도 생기지 않았다. 산전수전 함께 겪으며 전쟁통의 전우 같던 성실한 남자 동료는 엘프 상사에게서 도망가고자 급수를 낮춰 새로운 곳에 자원했고, 결국 내가 있었던 박물관 보안요원 자리로 옮겨 갔다. 마음 기댈 동료마저 떠나자 나는 더욱더 우울해졌다. 이제 나 혼자 남았다.

상사가 부임하고 1년여가 지났을 무렵, 멀지 않은 구립도서관에서 직원을 충원한다는 소식이 들려왔다. 시립도서관 본관과 분관 내에서는 비공식적인 면접만으로도 전근이 가능했다. 반드시 이곳에서 탈출해야만 했다. 구립도서관장에게 메일을 보내 모집하는 자리에 관심이 있으며, 좀 더 큰 도서관에서 일해 보고 싶다고 알렸다. 상사와의 불화를 언급하면 면접을 보기도 전에 눈 밖에 날 터였다. 구립도서관 입장에서도 사서 경력이 없는 사람보다는 도서대출 시스템을 다룰 줄 알고, 도서관 근무 경력이 있는 사람을 선호할 것이 분명했으니 승산이 있었다.

곧 면접을 보러 오라는 연락을 받았고, 면접 자리에서 나는 엘프 상사에 대해서는 단 한마디도 하지 않았다. 큰 도서관에서 경험을 쌓고 싶은 것이 유일한 이유인 것처럼 말했다. 그리고 3일 후 합격 소식을 들었다. 빈민가 도서관을 그렇게 떠났다. 5년을 몸 바쳐 일한 곳을 상사와의 불화 때문에 떠난다는 것이 씁쓸했지만, 일단 벗어나야 했다. 아이들은 분명 내가 진심을 다해 자신들을 대했다는 것을 알고 있으리라 믿었다.

수년이 지나 도서관에서 숙제를 봐 주고 함께 책을 읽기도 했던 몇몇 아이들과 우연히 마주친 적이 있다. 훌쩍 커버려서 자칫하면 알아보지 못할 뻔했는데 아이들이 먼저 다가와, "선생님! 정말 오랜만이에요!"라며 인사를 건넸다. 빈민가 아이들은 집안 살림에 도움이 되고자 실업계 고등학교를 졸업한 후 바로 취직하는 경우가 많다. 그런데 이 아이들은 대학에서 공부를 하고 있었다. 대견했다. 내 노력과 진심을 아이들은 알아주었다.

구립도서관은 모든 것이 평화로웠다. 아이들이 학교 끝나자마자 와서 폐관할 때까지 머무는 일도 없었고, 문서

를 번역해 달라고 떼쓰는 사람도 없었다. 인근 학교의 도서
관 방문은 직원 수가 구립도서관의 1/3이던 빈민가 도서관
의 반에도 미치지 못했다. 일이 고되지 않을 뿐만 아니라 아
무 일이 일어나지 않는다는 것이 너무도 신기했다. 하루에
사건 사고 하나는 기본적으로 일어나던 곳을 경험했던 터라
더욱 그랬다.

어디선가 나타나 두세 사람 몫의 일을 거뜬히 해내는
나를 동료들은 신기해했고, 진심으로 반겨 주었다. 나를 소
처럼 단련시킨 빈민가 도서관에 감사한 마음을 가져야 할
것 같다. 특히 나는 불량한 아이들을 대하는 데 특화된 사
람이었다. 빈민가 도서관에 비할 바는 아니지만 구립도서관
에도 버릇없는 청소년들이 종종 왔다. 불필요한 갈등을 기
피하는 동료들을 대신해 빈민가 도서관에서 해 왔던 대로
참교육을 이어 갔고, 곧 무서운 동양인 사서에 대한 정보
가 입소문을 타고 퍼졌다. 이 시기에 조서를 작성하느라 경
찰서를 참 많이도 갔다. 버르장머리가 조금 없는 정도가 아
니라 선을 아주 많이 넘으면 뜨끔한 맛을 봐야 한다는 생각
에, 경찰을 끼고 조서를 작성해 민원을 걸었다. 그러면 대부
분의 아이들은 정신을 번쩍 차리고 부모님과 함께 찾아와

서는 싹싹 빈다. 그리고 착하고 순한 어린 양으로 변한다.

버르장머리 없는 청소년들을 순한 양으로 변신시킨 공로로 나는 도서관장의 신임을 한 몸에 받게 되었다. 동료들과의 사이도 원만했다. 평화로운 날들이 지속되며 엘프 상사에게 받은 상처는 완벽히 회복되었다. 가끔 회의에서 혹은 길에서 마주치면 여전히 꼴도 보기 싫었지만, 그 얼굴을 매일 보지 않아도 되니 그저 감사했다.

경력직 지원자 1등이 되다

나를 어둠의 구렁텅이에서 꺼내 준 구립도서관에 은혜를 갚기 위해 나는 밝고 씩씩하게, 무엇보다 열심히 일했다. 그러던 중 내가 공부했던 대학원의 학술도서관에서 사서를 뽑는다는 공고를 우연히 보게 되었다. 지원 자격은 다음과 같았다.

경력 3년 이상

학사 이상

문헌정보 전공 우대

모든 조건을 충족했다. 월급을 계산해 보니 현재의 월급과는 비교도 되지 않게 높았다. 구립도서관에서도 여전히 고등학교 졸업장만 있어도 되는 급수로 일하고 있었기에 대졸 이상의 경력자 자리보다 월급이 낮을 수밖에 없었다. 게다가 새로 공고가 난 자리는 유급휴가가 10일이나 더 많았고 직원 혜택은 사기詐欺급이었다. 학술도서관은 교육청 소속이다. 만약 고용이 된다면 시 공무원직은 사직서를 쓰고 일을 시작해야 했다. 구립도서관에서 일한 지 반년밖에 되지 않았지만, 시도해 봐야 후회가 없을 것 같았다. 실은 이 공고를 일 년 전에도 본 적이 있었다. 그때는 시 공무원의 한 단계 높은 급수에 도전하느라 그냥 지나쳤다. 시 공무원의 다음 급수에 도전하는 것보다 이미 모든 조건이 충족되는 학술도서관에 지원하는 것이 더 나은 선택이었음에도 말이다. 이력서와 자기소개서를 한 자 한 자 심사숙고해서 적어 보냈다. 며칠이 지나고, 면접 날짜와 시간을 안내하는 메일을 받았다.

여기서 한 가지 이실직고할 것이 있다. 면접 일이 코앞으로 다가온 때, 내 머리는 크리스마스트리처럼 초록색이었다. 당시 한국에는 머리를 감기만 해도 머리색이 바뀌는 컬

러샴푸가 유행하고 있었는데, 그게 너무 궁금했던 나는 무려 국제택배로 제품을 받아 시도해 보았던 것이다. 제품에는 "일주일가량 색이 지속됩니다"라고 쓰여 있었지만 거의 3주가 지나고도 초록색은 빠지지 않았다. 이런 젠장, 면접에서 첫인상이 얼마나 중요한데! 이러다 면접을 망칠까 두려웠다. 고민을 거듭하던 중에 귀가 막히고 코가 막히는 아주 기발한 아이디어가 머리를 스치고 지나갔다.

'검정 마스카라!'

면접날 아침, 나는 거울을 보며 검정 마스카라로 머리 전체를 칠했다. 그럴싸했다. 역시 동양인은 검정 머리가 제일 잘 어울린다고 생각하며 밖으로 나가려는데 하필이면 비가 온다. 내 인생은 참 지루할 틈이 없다. 만약 비를 맞게 된다면 호러 영화의 여주인공처럼 새까만 얼룩이 가득한 얼굴로 면접장에 들어가게 될 수도 있었다. 우산을 바짝 쓰고 머리를 철저히 사수하며 면접장으로 향했다.

면접장에는 총 4명이 일렬로 앉아 있었다. 1명은 인사팀 직원이었고, 다른 3명은 도서관 실무자들이었다.

면접관: 송영인 씨, 들어오세요. 저 자리에 앉으시면 됩

니다. 오시느라 수고 많으셨어요. 지금 공립도서관에 근무 중이신데 담당 업무는 무엇인가요?

나: 어린이 교육담당 사서로 어린이들의 독서 활동에 도움이 될 만한 프로그램과 작가 강연들을 기획하고 있습니다. 작가 섭외와 정부의 보조금 지원 요청도 하고 있고요.

면접관: 공립도서관과 학술도서관은 성격이 많이 다른데, 학술도서관 근무 시 가장 중요한 것은 무엇이라고 생각하나요?

나: 학술도서관은 취미생활로 하는 독서가 아닌 학술연구가 목적이기에 방대한 양의 데이터에서 연구자가 원하는 데이터를 추려내는 것이 가장 중요하다고 봅니다. 아무리 정보가 많아도 거기서 필요한 정보를 찾지 못한다면 의미가 없으니까요. 따라서 사서의 가장 중요한 업무는 연구자들을 도와 원하는 데이터 재현율을 높이는 것이라고 생각합니다.

면접관: 그렇다면 어떤 방식으로 데이터의 정확도를 올릴 수 있을까요?

나: 불리언 오퍼레이터들과 애스터리스크(*), 브라그떼

컨(?) 같은 와일드카드들의 사용으로 정확도를 높일 수 있다고 생각합니다. 또한 보다 관련성이 높은 키워드의 조합으로 원하는 정보를 더 많이 찾아낼 수 있습니다.

면접관: 학생들에게 데이터 재현율과 정밀률 관련 수업도 해야 하는데, 여러 사람 앞에 서는 것이 문제가 되진 않겠습니까?

나: 평소에도 도서관에서 어린이들에게 책을 읽어 주었고, 여러 가지 체험 활동을 함께했습니다. 한국에서 학생들을 가르친 경험도 있습니다. 또한 도서관에서 일하며 예상치 못한 다양한 상황에 즉각적으로 대처하는 방법을 많이 배운 덕분에 사람들 앞에 서는 것은 전혀 걱정이 되지 않습니다.

면접관: 때로는 반납되는 책이 많아서 하루에 몇십 권 이상을 책장에 꽂는 등의 몸을 쓰는 일도 종종 있습니다. 괜찮습니까?

나: 공짜 피트니스인데 그럼 더 좋은 것 아니겠습니까? 몸을 많이 움직이면 건강해집니다. (빈민가 도서관에서 하루에 500권도 넘게 정리해 봤는데 그에 비하면 몇십

권은 누워서 떡 먹기였다.)

면접관: 본인의 장점은 무엇이라고 생각합니까?

나: 저는 재미있는 사람입니다. 팀의 분위기를 화기애애하게 만듭니다. 제가 있으면 팀원들이 웃을 일이 많을 거라고 생각합니다. 지금 있는 도서관에서도 제가 분위기 메이커로 통하거든요!

면접관: 오늘 이렇게 와 주셔서 감사합니다. 좋은 소식 있기를 바라겠습니다.

느낌이 왔다. 면접관들이 마치 엄마가 아이 재롱떠는 모습을 보는 듯한 표정으로 내 대답을 들었다. 이곳에서 일하게 될 거라는 예감이 강하게 들었다.

2주 후, 핸드폰이 울렸다.

"안녕하세요? 앤트워프대학교 인사 담당자입니다. 합격 소식 전해 드리려고 전화했습니다. 혹시 지금 통화 가능하신가요?"

"그럼요, 가능합니다."

"축하합니다. 40명의 경력직 지원자 중 1등으로 합격하셨습니다."

"저 소리 한 번만 질러도 되나요? 핸드폰 잠깐만 귀에서 떼 주세요. 으아아아아아아아, 너무 좋아요!"

"지원자님이 이렇게 기뻐하시니 저도 기분이 좋네요. 그럼 현재 직장과 잘 조율하셔서 출근 날짜를 알려 주시기 바랍니다."

"감사합니다."

40명의 벨기에 대졸자 경력직들 사이에서 내가 1등을 했다고? 학교 다닐 때도 1등 한 적이 없는데, 이 나이에 지구 반대편에서 1등을 하다니 감개무량했다. 오랫동안 힘들게 일하며 쌓아 온 경력 앞에서는 외국인이라는 것도 흠이 되지 않았고, 엘프 상사가 공공도서관에서는 필요 없다던 나의 문헌정보학 졸업장은 나에게 날개를 달아 주었다. 아기를 안고 울며 공부한 보람이 있었다. 고등학교 졸업장만 있어도 되는 급수에서, 실제 일하는 등급보다 한 단계 아래의 월급을 받으며 일하다가 찾아온 기회인지라 더욱 감사했다. 나를 믿고 뽑아 준, 아직 출근도 안 한 새로운 직장에 벌써부터 충성심이 생겨났다.

우선 나를 구렁텅이에서 건져 준 현재 직장에 이직의 뜻을 밝혀야 했다. 미안한 마음으로 도서관장에게 가장 먼저 소식을 전했다. 자기였어도 같은 선택을 했을 것이라며 망설임 없이 축하해 주었다. 관장의 축하를 받은 후 동료들에게도 사실을 알렸고, 고맙게도 다들 자기 일처럼 기뻐하며 나의 새로운 길을 축복해 주었다.

눈물 콧물 다 쏟게 한 자리였음에도, 벨기에에서 나를 '한 사람'으로 자리 잡을 수 있게 해 준 곳을 떠나는 마음은 묘했다. 박물관 보안요원으로 하루 종일 벽만 보고 있던 시간, 곧 이어진 공무원 부적격 판정, 수없이 울며 귀가한 외국인관리청에서의 날들, 그리고 바람 잘 날 없던 빈민가 도서관과 나를 병들게 한 엘프 상사…. 지난날들이 스쳐 지나갔다. 힘들었다. 하지만 좋은 사람들도 셀 수 없이 만났고, 웬만한 일에는 눈도 깜짝 안 할 담력과 경험을 쌓아 올렸다. 8할은 정말 속이 시원했고, 2할은 아쉬움과 고마움이 섞여 있었다. 회복탄력성이기도 한 맷집을 키운 것은 어찌 보면 이곳 덕분이었다. 시원섭섭한 마음으로 작별을 고하며 새로운 출발선 앞으로 향했다.

용의 꼬리 VS 뱀의 머리

용의 꼬리와 뱀의 머리 중 어느 쪽이 더 나은지를 묻는다면, 개인의 성향에 따라 다르다고 말하고 싶다. 일을 잘할 뿐만 아니라 눈에 띄는 것이 불편하지 않다면 뱀의 머리가 잘 맞는 사람일 가능성이 높다. 나는 뱀의 머리로 수년을 지내면서 그 자리가 나에게 꽤 잘 맞다고 생각했었다. 그런데 용의 꼬리가 되어 보니, 나는 용의 꼬리가 더 잘 맞는 사람이었다.

내가 근무하는 학술도서관은 지상 3층, 지하 3층, 직원은 50명으로 시립도서관보다 훨씬 큰 규모다. 동료들의 학력에 대해 말하자면, 학사, 석사는 흔하고 박사도 수두룩하다. 전공 분야는 언어학, 역사학, 철학, 생물학 등 다양하다. 고등학교 졸업 후 대다수가 대학에 진학하지 않는 환경에서는, 사람이 좋고 나쁘고를 떠나 업무 수행 능력 면에서 고졸과 대졸은 하늘과 땅 차이다. 앤트워프 시 도서관의 일반 사서직은 대졸자의 비율이 아주 낮고, 나는 몇 안 되는 대졸자 중 하나였다. 대졸자라고 해서 돈을 더 주느냐, 그건 아니지만 업무에 대한 기대치는 높아서 소처럼 일을 하고 돈은 똑같이 받는 상황이 자주 생겼다. 그런데 평균 학력이 석사인 직장에 와 보니 다들 스스로 할 일을 찾아서 하고 상사들도 직원들을 닦달하지 않는다. 자율성이 주어지는 것은 물론이고, 알아서 잘하겠지라는 신뢰가 있다.

그 외에도 서로 다른 점이 많은데, 공립도서관과 비교했을 때 가장 다른 점은 언어에 대한 관점이다. 공립도서관의 초점이 네덜란드어를 많이 접하고 언어 능력을 향상시키는 데 있었다면, 학술도서관에서는 언어가 아닌 학문 자체가 중심에 있다. 이곳에서는 전 세계에서 온 학생과 교수들이 모국어의 억양이 들어간 영어나 네덜란드어로 소통한다. 하지만 어느 누구도 그들이 다소 어색하게 말한다고 해서 그들이 멍청하다고 생각하지 않는다. 공립도서관에서는 언어적인 결함을 바로잡아야 할 것으로 여기는 경향이 강했다면, 학술도서관에서 언어란 지식을 전달하는 수단일 뿐이다. '앎이 가장 중요하다'는 이 같은 암묵적 원칙은 외국인인 나에게 숨통을 틔워 주었다. 완벽한 네덜란드어를 중요시하는 공공도서관에서 일하는 동안 언어에서 오는 스트레스가 상당했다.

이곳에서의 내 주요 업무는 도서 대출과 반납 업무를 비롯해 과학적인 글쓰기 워크숍을 통한 학생들의 글쓰기 지도, 각종 전시회 기획 및 관련자들과의 커뮤니케이션, 보존서고의 습도·온도 변화 확인 및 보고다. 과학적인 글쓰기 워크숍은 본 대학 진학을 희망하는 고3 수험생이나 대학교 신입생들이 주로 수강하는데 외국인이 2시간 동안 네덜란드어로 혼자 떠들어야 한다. 그럼에도 그 일이 부담스럽기만 하지는 않았던 것은, 언어는 앎을 전달하는 도구일 뿐이라는 이곳의 분위기 덕분이다.

또 한 가지 다른 점은, 이곳에서는 사람마다 가진 재주가 다름을 인정한다는 것이다. '내가 못하는 것을 너는 할 수 있고, 네가 못하는 것을 나는 할 수 있어. 우리는 다 달라. 그리고 나와 다른 너를 존중해'라는 의식이 깔려 있다.

실제로 이곳에는 다양한 재능을 가진 다양한 동료들이 있다. 어떤 사람은 디자인 감각이 뛰어나고, 어떤 사람은 두려움 없이 사람들 앞에 나설 수 있으며, 어떤 사람은 역사와 철학에 해박한 지식을 가지고 있다. 재주가 다를 뿐 모두에게 재주가 있다. 이 다름에 대한 이해와 인정은 문화적인 측면으로 확대된다. "네 나라의 문화는 우리의 것과는 다르지만, 존중해"라고 직접 말하지 않아도 내가 점심으로 가져간 김치볶음밥이나 된장찌개를 기꺼이 먹어 보려는 태도에서 그 마음이 잘 느껴진다. 동료들은 한국이라는 나라에 대해서도 평균의 벨기에인들보다 잘 알고 있고, 한국 드라마를 즐겨 보는 이들도 많다. 도서관 이용자들도 연구자나 교수, 학생이기에 빈민가 도서관과 구립도서관 이용자와 비교했을 때, 전반적으로 좀 더 예의 바르다. 경우 없는 행동을 하는 사람이 간혹 있긴 하지만 이전에 일하던 곳에 비하면 현저히 적다.

관련 경력을 인정해 주는 범위도 훨씬 넓다. 시 공무원으로 임용될 때는 업무와 직접적인 관련이 있는 것만 인정이 되었는데, 이곳은 내가 시 공무원으로 일한 것은 물론이고, 현재 업무와 아무 관련 없는 미국계 리서치 회사에서 근무한 것까지 경력으로 인정을 해 주었다. 어떤 일도 지금 하는 일과 관련될 수 있고, 어디에서 무슨 일을 했든 그곳에서의 배움이 도움이 된다고 생각하는 것이다. 현 직장의 이 같은 경력 인정 원칙에 박수를 보내고 싶다.

한 가지 아쉬운 것은, '한 팀'이라는 느낌을 갖기 어렵다는 점이었다. 일이 고되거나 공공의 적이 있을 때 동료들과의 관계가 더 돈독해지는 법인데, 그런 점에서 이곳은 내부를 똘똘 뭉치게 할 만한 요소가 없었다. 게다가 자기만의 색깔이 강한 사람들이다 보니 더욱 그랬다. 그래서 나는 면접 때 내세웠던, 자칭 '분위기 메이커'로서의 역할을 해 보기로 했다. 비공식 케이터링 매니저를 자처해 피자, 태국 음식, 터키 음식 가리지 않고 동료들을 모아 함께 시켜 먹기 시작했다. 또 각자 집에서 음식을 하나씩 가져와 나눠 먹는다던가, 크리스마스 때는 시크릿 산타를 기획해 마니또를 지정해 주기도 했다. 건조했던 팀 분위기가 점차 화기애애해졌다. 한 동료는, "네가 오고 나서 우리가 팀이라는 느낌이 처음으로 생겼어"라는 말로 나의 노력이 헛되지 않았음을 느끼게 해 주었다. 지금 우리 팀은 학술도서관 내에서 돈독하기로는 1등이다. 면접 때 내가 한 말은 지켰다.

10년 후에 무엇을 하고 있을지, 여전히 이곳에 있을지 또 다른 곳에 가 있을지 아무도 모른다. 오래전 한국을 떠나올 때 무엇을 할지 전혀 몰랐던 것처럼, 내 미래가 어떠할지 알 수 없다. 세상은 넓고, 한계란 앞으로도 나에게 없을 테니까. 분명한 것은, 나는 내가 일하는 도서관이 좋고, 나를 필요로 하는 곳에서 사랑과 인정을 받으며 하고 싶은 일을 즐겁게 하고 있다는 사실이다. 외국인이 아니라 그들의 동료이자 친구로서 말이다.

어디에 있건, '될 때까지 해 보겠다'는 마음과 '할 수 있다'는 믿음이 중요하다. 그 두 가지가 있다면 어느 곳에서든 내가 있을 자리를 찾을 수 있다고 생각한다.

나는 어디서나 볼 수 있는 보통의, 평범한 사람이다. 학창 시절에 공부를 엄청나게 잘한 것도 아니다. 포기하지 않는 근성이 전부였다. 잡초, 나는 나를 그렇게 부른다.

미문학의 아버지와 같은 랄프 왈도 에머슨Ralph Waldo Emerson이 한 말을 좋아한다.

"What is a weed? A plant whose virtues have not been discovered."

잡초는 아직 그 효용성이 밝혀지지 않은 식물이라니, 이 얼마나 설레는 말인가. 가능성을 가진 잡초로 살아가는 게 나는 꽤 마음에 든다.

2부

남의 나라에서
엄마 되기

Moeder worden in een vreemd land

개미와 베짱이

벨기에 가족 이야기를 하려면 누렁소의 눈을 한 베짱이 선비에 대해 먼저 써야 할 것 같다. 그는 음악을 사랑하는 고고한 뮤지션이다. 조선 선비 같은 아버지를 피해 벨기에로 사랑의 도피를 했더니 그 결과는 벨기에 뮤지션 선비. 아버지처럼 숨을 콱콱 막히게 하는 것이 싫어 자유로운 영혼의 베짱이를 택한 건데, 종착지는 그저 음악밖에 모르는, 조금 다른 종류의 선비다.

그는 음악 말고는 관심이 없다. 소파에서 자기가 좋아하는 음악을 듣거나 스튜디오에서 드럼을 끼고 음칫뚯칫 할 뿐이다. 설거짓거리가 싱크대 밖으로 튀어나오고 빨래 바구니가 가득 차서 입을 옷이 없어도 음악만 있으면 다 괜찮은 베짱이 선비다. 어째서 나는 또 선비 옆인가. 돈을 많이 준다는 콘서트가 들어와도 본인의 음악적 취향에 부합하지 않으면 가차 없이 거절한다. 한번은 벨기에서 인순이 급 되는 어느 듀오의 투어에 함께하자는 제안을 받은 적이 있다. 투어 콘서트는 적어도 10회 이상이라 벌이가 짭짤할 터였으나 그는 단칼에 거절했다. 돈보다 뮤지션의 자존심이 먼저라는 게 그의 신념이다. 다행인 것은 음악학교에서 앙상블을 가르치고 있어 많지는 않아도 안정적인 수입이 있다는 것이다. 그것마저 없고 뮤지션의 자존심만 있었으면 인생이 고달플 뻔했다. 흥미롭게도 베짱이 선비는 돈을 버는 데는 크게 욕심이 없으나 아예 수입이 없거나 돈을 잃는 것에 있어서는 질색팔색을 한다. 본전 잃는 것을 극도로 싫어해서 투자 같은 것과는 담을 쌓고 산다.

앞에서도 말했듯이 안정적인 것을 선호하는 벨기에인들은 자가주택을 선호한다. 나도 자가가 좋다. 월세는 매달 돈을 버리는 셈인데 그럴 바에는 대출을 받아 매달 같은 금액을 은행에 분납해 결국 내 집을 마련하는 편이 낫지 않겠는가. 자유로운 영혼의 뮤지션 선비를 질질 끌다시피 데려가서 함께 집을 보고 집 매매 계약서에 서명을 했다. 나중에 집을 팔아 실버타운에 들어갈 수도 있으니 먼 미래에 대한 투자라 생각하면 나쁘지 않은 선택이었다. 그렇게 구입한 집은 몇 년 사이 대략 두 배 이상 가격이 올랐다. 원래도 자가주택을 선호하는 벨기에인데 코로나 이후로 자가주택 붐이 한차례 일면서, 정원이 딸린 개인 주택은 가격이 엄청나게 뛰었다. 그냥 월세 살면 되지 집을 뭐하러 사냐던 색목인 선비는 매년 집값을 확인하며 그때 집을 산 것이 천만다행이라 말한다. 그러니 마누라 말을 들으면 자다가도 콩고물이 떨어진다는 것을 잊지 말았으면 한다.

뮤지션 선비는 아름다운 것을 좋아하고 감수성도 풍부하셔서 디즈니 영화를 보다가도 곧잘 눈물을 흘린다. 그 정도로 감성적이지는 않은 나는 당황스럽기 그지없다. 감수성뿐인가? 그는 화초 같다. 화초처럼 자리 잡고 앉아 그 자리에 쭉 있다. 일을 하지 않을 때는 좋아하는 음악을 들으며 소파에 뿌리를 박고 움직이지 않는다. 그가 일하는 음악학교는 일반 학교와 달리 본인 수업 시간에만 나가면 된다. 그래서 소파에 뿌리를 박고 있다가 시간 맞춰 나가 수업을 하고 오는데, 쌓여 있는 빨랫감과 설거짓감이 어쩌면 그리 눈에 안 보이는지 미스터리다. 이뿐만이 아니다. 화장실의 전구를 갈아 달라거나 공병을 슈퍼에 가져다주라고 부탁을 하면, 바로 하는 경우가 없다. 이틀, 삼 일은 기본이다. 참다 참다 결국 내가 하고 만다. 그러면 꼭 이런다. "내가 하려고 했는데, 시켰으면 기다리지 왜 직접 하는 거야?" 본인에게 무지하게 관대하고, 남에게도 관대한 사람. '남에게 관심이 없다'가 더 정확할지도 모르겠다. 세상이 망해도 드럼 연습실과 음악과 소파와 먹을 것만 있으면 행복할 사람이다.

그래도 내가 이 먼 곳 벨기에에서 그와 함께 가정을 꾸리며 사는 것은, 취향이 소나무인 그의 고고함이 좋기도 해서다. 베짱이 선비가 줏대 없이 이것저것 아무거나 하는 놈이었으면, 내가 벨기에까지 온다고 하지도 않았을 것이다. 그는 지조가 있다. 적어도 내가 힘들 때 어디 도망가지는 않을 거라는 믿음이 있다. 화초에는 발이 달려 있지 않다. 또 내가 선택한 일을 말리거나 토를 달지 않는다. 무조건 내 선택을 존중해 준다. 베짱이는 나의 고향 말 충청도 사투리 딱 네 자로 표현 가능하다.

"애는 착햐~"

생각해 보면, 내 성격도 맞추기 쉽지는 않을 듯하다. 황소고집에, 한번 마음먹은 것은 꼭 해야 직성이 풀리니 사람을 지치게 하는 면이 분명히 있을 것이다. 어쩌면 나는 나의 이런 성격도 허허 웃어 넘길 수 있는 사람, 내가 끌고 가면 질질 끌려가 주는 사람이 필요했나 보다. 만약 매사에 에너지가 넘치고, 본인이 앞장서야 직성이 풀리는 남자와 결혼을 했더라면 지금까지 함께할 수 있었을까? 개미가 베짱이와 만나게 된 것은 순리일지 모르겠다. 그래, 베짱이, 너는 화초 같은 남자 해라. 내가 행복하게 해 줄게. 나를 믿고 따라와!

… 그래도 일 좀 덜 하게 해 주면 안 될까, 베짱이?

우리 집 남자 셋

딸 하나, 아들 하나는 금메달, 딸 둘은 은메달, 아들 둘은 목메달이라는 우스갯소리가 있다. 나 또한 딸 하나, 아들 하나를 원했다.

1호의 태몽은 아주 예쁜 밤비가 와서 폭 안기는 꿈이었다. 디즈니 밤비의 그 밤비 말이다. 사슴같이 예쁜 딸이 나올 줄 알았는데 아들이었다. 알고 보니 디즈니의 밤비도 수컷이란다. 사슴 태몽을 꾸더니, 이놈은 일반 주택에 갇힌 사슴처럼 온 집 안을 뛰어다닌다. 특히 심심한 것을 못 참는다. 혼자여서 심심하니 형을 낳아 달라는, 죽었다 깨어나도 불가능한 미션을 주며 떼를 썼다. 형을 만들어 주는 일은 불가능하다는 것을 겨우겨우 이해시키고, 반반의 확률로 여동생이나 남동생이 될 거라고 말해 주었다. 동생을 갖고 싶다는 그의 소원은 결국 성취되었다.

1호는 아기들을 좋아하고 십 대 초반의 나이에 벌써부터 자식 둘을 염원하는 독특한 아이다. 아빠와 유대감을 형성하라고 악기를 배우게 했더니 하고많은 악기 중에 불기도 어려운 호른을 골랐다. 오보에와 함께 가장 배우기 어렵다고 일컬어지는 악기지만 자기는 그게 마음에 든단다. 그런데 나를 닮아서인지 굉장히 현실적이다. 음악을 직업으로 하고 싶은지 물으니 이렇게 답한다.

"엄마, 이건 그냥 취미생활이야. 이걸로 먹고살 생각은 없어."

자기가 하고 싶은 게 무엇인지 아는 아이다.

2호의 태몽은 핑크빛 솜사탕을 먹는 꿈이었다. 핑크빛 폭신폭신한 솜사탕이니 이번에는 분명히 딸일 거라 생각했다. 게다가 단것이 자꾸 먹고 싶었다. 모든 것이 딸이라는 확신을 가져다주었다. 임신 초기에 장애 여부를 확인하는 태아 DNA 선별검사(NIPT TEST)를 했고, 떨리는 마음으로 결과지의 성별 항목을 훑어보는데 이럴 수가, 아들이었다.

정말로 엉엉 울었다. 딸을 갖고 싶었는데 또 아들이라니.

2호는 솜사탕처럼 예쁘다. 아련한 눈빛을 가지고 있어 별명이 '아련이'다. 하지만 솜사탕이 사슴과 함께하면 집 안은 난리가 난다. 눈빛은 아련한데 둘째 특유의 형에게 지기 싫어하는 승부욕이 있어 조용할 날이 없다. 그래도 형과 싸우는 시간을 제외하면 특별히 불만도 없고 조용한 아이다. 아빠를 닮아 잠도 잘 잔다. 우리 집 얼굴 담당으로 차세대 아이돌에 한번 기대를 걸어 볼 만한데, 아빠처럼 드러머가 되겠다고 한다. 취향 소나무인 것도 아빠를 그대로 닮았다.

아들만 둘 있는 것은 어찌 보면 유전이다. 3호가 무조건 딸이라는 보장만 있다면 시도해 볼 생각도 있는데, 베짱이가 독수리 오형제 집안의 넷째다. 아들만 다섯인 시어머니는 어땠을까? 강력한 집안 내력이니 3호가 생긴다 하더라도 아들일 확률이 높지 않을까 생각해 본다.

아들 둘을 키우며 나는 강해졌다. 원래도 조곤조곤한 말투가 아니었지만, 이젠 단전에서부터 끌어올린 소리로 장군처럼 말한다. 의자 하나 드는 것도 버거웠던 몸은 아들 둘을 동시에 번쩍번쩍 들어올린다. 축지법을 쓰게 되고, 사방으로 흩어져 달리는 아들 둘을 잡으러 다니려면 육상선수

뺨치게 된다. 한마디로 생활체육인이 될 수밖에 없다. 1호와 며칠 차이로 태어난 친구의 쌍둥이 딸들이 있는 집에 가면 자주 충격을 받는다. 딸들은 무려, 가만히 앉아서 그림을 그리고 있다. 나에게는 너무나도 낯선 광경이다. 다리가 부러지지 않았는데 어떻게 가만히 앉아 있을 수 있는지 신기하기만 하다. 우리 집에서는 상상할 수 없는 일이다.

벨기에의 워킹맘이 아침 일과를 무사히 해내기 위해선 그야말로 정신을 잘 챙겨 꽉 붙잡아야 한다. 서유럽의 복지 국가인 벨기에는 대다수의 학교에 급식이 없다. 아침에 일어나자마자 점심 도시락을 준비하고 과일도 챙긴다. 학교에는 설탕이 들어간 쿠키나 과자 종류를 간식으로 싸 갈 수 없다. 학교의 규칙이다. 도시락을 다 싸고 나면 아이들 옷 갈아입히기가 기다리고 있다. 바지에 다리 한 짝 집어넣는 데 5분이 넘게 걸린다. 옷을 입다가 또 둘이 싸우고 한 놈은 울기 시작한다. 출근도 하기 전에 그야말로 멘탈이 탈탈 털린다. 옷 빨리 입으라고 붉으락푸르락한 얼굴로 고래고래 소리를 지르며 하루를 시작하는데, 베짱이는 멀리서 이 모든 것을 관람하고 있다. 이 집에서 한 사람만 빼고 다들 느굿하다. 속이 타는 건 엄마뿐이다.

하루는 분홍색과 초록색 줄무늬 스웨터를 입고 아이들 등교와 출근 준비를 하고 있었다. 이날도 어김없이 얼굴이 붉으락푸르락해진 나에게 베짱이가 말했다.

"손을 머리 위로 올리고 팔을 동그랗게 말아 봐."

뭔 소리인가 싶고, 바빠 죽겠는데 짜증이 났다.

"아, 왜! 지금 늦게 생겼는데!"

그래도 뭔가 이유가 있겠지 싶어 손을 머리 위로 올려 동그랗게 말았더니 그가 하는 말,

"하하하, 애들아. 엄마 좀 봐! 수박 같지? 수박이래요, 수박이래요!"

이 인간이 지금 장난하나. 나의 참을성을 시험하는 것 같아 속에서 열이 나는데 애들까지 깔깔거리며 셋이 같이 웃는다. 그렇게 한참을 남자 셋은 웃겨서 웃고, 나는 어이가 없어서 웃었다.

밥때가 되면 어미새를 기다린 삐약이의 얼굴을 하고 남자 셋이 간절한 눈빛으로 나만 쳐다본다. 베짱이가 요리를 아예 안 하는 건 아니다. 그런데 어쩌다 한번 하는 요리도 시간이 오래 걸리는 오븐 요리를 하는 통에 뱃가죽이 등에

거의 붙을 때쯤에야 요리가 완성된다. 간단한 요리를 하는 게 좋겠다고 했고, 이후 베짱이가 만들어 온 불고기는 내가 태어나서 먹어 본 불고기 중 가장 짰다. 이쯤 되면 밥을 하지 않기 위한 전략이 아닌가 싶기도 하다.

뭘 하나 부탁하면 세월아 네월아에, 모든 게 다 재밌고, 실없는 농담으로 사람을 기운 빠지게 한다. 내가 아들이 둘인지 셋인지 모르겠다. 그래도 애는 착하니 봐 준다. 아들 둘에, 아들 같은 남편까지 있는 나는 무슨 메달을 가졌다고 해야 할까?

출산지옥

　바야흐로 앤트워프의 외국인관리청에서 이민자들에게 추방 명령을 고지하던 때로 거슬러 올라간다. 은행 대출을 받아 구입한 집은 달랑 벽만 있는, 주방조차 없는 집이었다. 예쁜 집과는 거리가 멀었지만 열심히 고치면 우리 가족이 살기에 충분했다. 아기가 나오기까지 아직 몇 주의 시간이 있었기에 일꾼들을 고용해 수리할 생각이었다.

　그런데 아기가 엄마 성격을 닮아 급했는지, 보일러를 막 달아서 온수만 겨우 나오는 상황에 예정일에서 3주나 일찍 양수가 터져 버렸다. 자다가 일어났는데 바지가 다 젖어 있어서 오줌을 싼 줄 알았다. 화장실까지 가는 중에도 나의 의지와는 상관없이 계속 무언가가 흘러나왔고, 그제야 양수가 터졌다는 것을 깨달았다. 베짱이를 깨워 부랴부랴 병원으로 향했다.

벨기에는 종합병원 산부인과 병동에서 아기를 낳는다. 양수가 터지면 매달 진료받는 의사가 소속된 종합병원의 응급실로 가야 한다. 응급실에서 바로 산부인과 분만실로 휠체어를 타고 이동했다. 통증도 없고, 너무 아무렇지 않아서 휠체어에 탄 것이 간호사에게 미안할 지경이었다. 분만실에 도착해서는 배가 고파 집에서 가져온 빵을 주섬주섬 꺼내 먹었다. 간호사가 힐끔 보더니 "빵이 입으로 들어가는 걸 보니 애 낳으려면 아직 멀었구먼. 쯧쯧" 하며 지나갔다. 어떤 느낌이 나야 정상인지 몰라도 진통은커녕 아무 느낌이 없었다. 베짱이와 농담 따먹기나 하며 누워서 때가 오기만을 기다렸다.

그러는 사이 10시간이 지났다. 양수가 터질 땐 언제고 진통은 감감무소식이었다. 간호사가 분만 촉진제를 투여하고는, 일어나서 좀 걷고 그네도 타고 짐볼 위에 올라타 점프도 하라고 했다. 내가 애 낳으러 왔지 체육대회 하러 왔나 싶었지만 시키는 대로 이것저것 하며 몸을 움직였다. 하지만 몸에는 아무 반응이 없었다. 그렇게 꽉 채운 하루, 24시간이 지났다.

　　서서히 조금씩 어떤 느낌이 나기 시작하더니 나중엔 숨도 못 쉴 정도로 통증이 몰려왔다. 이렇게 아픈 것은 난생처음이었다. 욕조에 물 받아 줄 테니 들어가면 고통이 조금 완화될 거라고 간호사가 말했다. 물에 들어가면 마법처럼 고통이 사라질 줄 알았는데 기대가 너무 컸던 모양인지 아무런 차이가 없었다. 누가 수중 분만은 덜 아프다고 했던가. (촉진제를 맞으면 인위적으로 호르몬을 주입하는 것이라 자연스러운 진통보다 더 아프다고 한다.) 내가 빵을 먹을 때 간호사가 혀를 쯧쯧 차며 "아기 나오려면 멀었구먼" 했던 이유를 알 것 같았다. 너무 아파서 정신이 혼미해질 정도였다. 먹을 것이고 마실 것이고 아무 생각도 안 났다. 출산 요가를 배우면서, '수업대로 하면 힘 한 번 주고 아기를 낳겠구나' 했는데 수업 시간에 배운 것은 하나도 기억나지 않았다. 마지막 진료 때 인위적인 방법을 피하고 최대한 자연스러운 방법으로 출산하겠다고 말한 것이 무색하게, 무통 주사를 놓아 달라고 사정사정하기까지 얼마 걸리지 않았다. 자궁경부가 충분히 열리지 않았다며 병원에서는 주사를 놔 주지 않았고, 생으로 고통을 견디다 병원에 도착한 지 33시간이 지나고서야 무통 주사를 맞을 수 있었다. 그제야 살 것 같았다. 한편으로는 아플 거 다 아파 놓고 주사를 맞은 것이 억울하기도 했다.

나와 함께 33시간을 분만실에 있었던 베짱이는 내가 무통 주사를 맞고 진정이 되자 잠깐 바람 좀 쐬고 온다며 나갔다. 아기가 나올 때까지 얼마나 걸릴지 몰라서 그러라고 했는데, 이 베짱이가 40분이 지나도록 돌아오지를 않았다. 곧 아기가 나올 것 같다는 조산사의 말에 행방이 묘연한 베짱이에게 전화를 걸었다. (참고로 벨기에서는 의사, 간호사, 조산사 셋이 분만실에서 출산을 돕는다.)

"어디냐, 베짱이!"

"아, 나 잠깐 바람 쐬러 애플스토어에 왔는데…"

"어디라고? 애플스토어? 지금 장난해? 아기 나올 것 같다니까 빨리 튀어 와!"

세상의 고난은 항상 남의 일인 속 편한 베짱이인 건 알았지만 아니, 지금 이 순간에 애플스토어라니. 애플 고객들이 충성도가 높다는데 아무리 그래도 그렇지 자기 자식 나오는 순간에 애플스토어라니. 애플이냐, 니 새끼냐 선택해라 베짱이. 평소에 절대 뛰지 않는 선비 베짱이는 애플스토어에서부터 분만실까지 뛰었다고 했다. 우리가 만난 이후로 내가 아는 한 딱 한 번 뛴 것이다. 그 모습을 보지 못해 아쉽다.

베짱이가 도착하고도 아기는 나오지 않았고, 나는 이미 너무 지쳐 있었다. 베짱이가 말하길, 옆의 분만실에서는 산모가 네 번이나 바뀌었다고 했다. 출산에는 영 소질이 없는가 보다.

결론을 이야기하자면, 조산사와 간호사까지 침대 위로 올라와 내 배를 눌러댔고, 아기는 뚫어뻥 같은 압착기를 머리에 사용하고야 세상 밖으로 나올 수 있었다, 압착기 덕에 옥수수 같은 뽀족한 머리를 하고. 병원에 도착한 지 36시간이 지난 후였다. 탯줄은 베짱이가 잘랐고, 아기는 내 품에서 울었다.

나는 아기와 함께 입원실로 옮겨졌다. 내 품에서 우는 작은 아기는 막 태어났음에도 내 눈에 너무 예뻤다. 그런데, 예쁘긴 예쁜데, 나는 좀 쉬고 싶었다. 오랫동안 먹지 못하고 힘을 써서 배도 고팠다. '간호사가 아기를 데려가야 하는데 왜 안 오지?' 생각하며 간호사를 기다렸다. 드디어 간호사가 입원실에 찾아왔고, 나는 간호사에게 물었다.

"아기는 언제 데려가나요?"

"데려가다니요? 어디로요?"

"신생아실로 아기 데려가는 거 아니에요?"

"신생아실은 따로 없는데요? 건강에 문제가 있거나 심각한 조산이 아닌 이상 아기는 태어난 이후로 쭉 엄마와 있어요. 그리고 환자분의 아기는 3주 일찍 태어나서 캥거루 케어▪를 해야 해요. 몸에 딱 붙여 피부 접촉을 최대한 많이 해야 합니다. 아기 침대에 되도록 넣지 말고, 계속 안고 계세요. 원래 출산 예정일까지 그렇게 하시기를 권장합니다."

벨기에에서는 갓 태어난 아기를 엄마에게 건네주는 것이 너무도 당연한 일이었다. 출산이 5시간이 걸렸든, 50시간이 걸렸든 아기는 태어난 순간부터 엄마와 함께한다. 이 사실을 몰랐던 나는 머리를 한 대 얻어맞은 것 같았다. 서

▪ 신생아를 부모의 맨가슴에 피부를 맞대어 안아 체온·안정·모유 수유·애착을 돕는 신생아 돌봄 방법

구권에는 신생아실이 없다고 아무도 말해 주지 않았다. 알았더라면 마음의 준비라도 했을 텐데 충격이 너무 컸다. 36시간을 분만실에서 보낸 터라 아기가 신생아실에 가면 눈을 좀 붙이려고 했는데, 잠은커녕 울어대는 아기에 패닉 상태가 되었다.

이 상황을 받아들이는 것 말고는 내가 할 수 있는 일은 없었다. 긴 시간 아무것도 먹지 못해 배가 몹시 고팠지만, 배식이 끝난 시간이라며 간호사가 가져다준 것은 말라비틀어진 빵 두 조각이 전부였다. 잼도 없다. 서러웠다. 한국이었으면 아기를 신생아실에 보내 놓고 쉴 수도 있었고, 따듯한 미역국도 먹었을 텐데. 우는 아기를 안고 눈물 젖은 빵을 먹었다. 아기를 품에 안고 있으면서도 내가 엄마가 되었다는 사실이 믿기지가 않았다. 모든 게 낯설었다.

아기를 아기 침대에 넣지 말라고 해서 아기를 내 위에 올린 채로 잠시나마 눈을 붙였다. 아기가 수시로 끙끙대고 우는 바람에 잠을 이어서 자는 것은 불가능했다. 다행인 것은 몇 주 전에 베짱이를 조련시켜 미역국 만드는 법을 가르쳤다는 것. 그다음 날 베짱이로부터 미역국을 조달받았다. 미역국을 끓여다 주지 않으면 아기가 나오는 와중에 애플스토어 갔던 것을 평생 잊지 않겠다 했더니 나름 최선을 다해 끓여 왔다. 베짱이의 미역국이 끝내주게 맛있지는 않았더라도 병원의 말라비틀어진 빵보다는 훨씬 나았다.

스킨 투 스킨Skin to Skin, 캥거루 케어는 생각보다 훨씬 고됐다. 아기에게 얼마나 도움이 되는지는 모르겠지만 이걸 하다가 엄마가 쓰러질 수도 있겠다는 생각이 들었다. 벨기에의 병원들은 병원마다 철학이 있다. 첫아이를 출산한 이 병원은 아주 고지식하면서도 자연주의를 고수하는 곳이었는데, 다시 출산을 하게 되면 절대 이곳에서 낳지 않겠다고 다짐을 했다. 아기 관리부터 모유 수유까지 나를 쥐 잡듯이 잡았다. 어찌나 군대식으로 잡던지, 좋은 게 좋은 베짱이가 유독 엄격한 간호사 한 명에게는 내 방에 들어오지 말라고 경고를 하기까지 했다. 스파르타식 교육에 눈물 콧물을 다 뺐다. 그런데 그것도 이틀이다.

벨기에에서는 아기를 낳고 보통 이틀 뒤에 퇴원을 한다. 산후조리원 같은 시설은 없다. 퇴원을 하면 주방도 없고 벽만 서 있는, 아직 수리를 끝마치지 않은 집으로 가야 했다. 아무리 베짱이여도 이 같은 긴급 상황에는 위기감을 느꼈는지 독수리 오형제들에게 긴급 SOS를 보냈고, 그렇게 5형제와 시아버지가 모여 이틀 동안 주방을 뚝딱뚝딱 고쳤다. 내가 병원에서 나와 아기와 함께 집에 도착했을 때는 캠핑용 가스버너 하나 달랑 있던 주방이, 아주 예쁜, 진짜 주방으로 바뀌어 있었다. 주방이라도 있어서 얼마나 다행스러웠는지 모른다.

산후조리는 한기 가득 냉바닥이지

1월 초의 습하고 춥고 비도 오는 최악의 삼박자를 다 갖춘 벨기에에서 태어난 나의 아기는 난방도 잘되지 않는 집으로 왔다. 벨기에를 비롯한 서구권에서는 산후 조리 문화가 전무하다. 생물학적 구조가 달라서인지, 아기를 낳고 나서 '찬 바람을 쐬지 않고 몸을 따듯하게 하며 삼칠일간 바깥출입을 자제한다'는 개념 자체가 아예 없다.

서구권의 가정집은 대부분 중앙난방으로 집 안 곳곳에 라디에이터가 있다. 바닥 난방이 아닌 라디에이터로 공기를 달궈 온도를 높이는 식인데, 라디에이터가 창문가에 붙어 있는 경우가 많아 창틈으로 들어오는 바람이 더 차게 느껴진다. 게다가 바닥에는 아무런 난방 장치가 되어 있지 않아서 차디차다. 바닥 난방이 당연한 나는 이런 비효율적인 난방시스템을 생각해 낸 바보는 대체 누구인가 싶었다. 그런데 우리가 구입한 집에는 그 라디에이터조차 없었다. 1층에만 가스난로가 두 대 있었는데, 그것으로 1층과 2층을 다 덥히려니 그게 어디 가능한가. 침실이 있는 2층은 머리카락이 빳빳이 설 정도로 추웠다. 자려고 침대에 누우면 코끝이 시려서 이불을 머리끝까지 덮어야 했다. 그나마 출산을 일주일 앞두고 수개월 전에 주문한 이중창이 극적으로 도착해 설치를 마쳤기에 망정이지 안 그랬으면 얼어 죽을 뻔했다.

사실 이중창을 다는 것도 쉽지 않았다. 뭐 하나 쉽게 넘어가는 게 없는 벨기에서 이중창이라고 달랐을까. 벨기에는 무언가를 주문하면 감감무소식인 경우가 많고, 특히나 건축 자재들이 제때 출고되지 않기로 악명 높다. 집을 계약하고 얼마 안 있어 창문을 주문했다. 그런데 3개월이 지나도 소식이 없었다. 이 나라와 케미가 잘 맞는 느긋한 베짱이는 '올 때 되면 오겠지'라며 큰 걱정을 하지 않았다. 속이 탔던 나는 특단의 조치를 쓰기로 했다. 아이와 같이 얼어 죽을 수는 없었다. 주문을 넣어 놓은 가게로 남산만 한 배를 부여잡고 갔다.

“아저씨, 창문 언제 도착해요? 제 배를 좀 보셔요. 기다릴 만큼 기다렸는데 이러다 애 나오겠어요. 창문 없어서 애 얼어 죽으면 어떻게 해요.”

“우리도 빨리 해 주고 싶은데 공급처에서 소식이 없어서 어쩔 수가 없네요.”

“아저씨, 제 눈을 보고 얘기하세요! 아저씨밖에 이걸 해결할 사람이 없으니까 공급처를 쥐어짜든지, 달달 볶든지 무슨 수를 써서라도 제발 창문 좀 빨리 해 주세요. 이사하기 전에 반드시 창을 달아야 해요, 네?”

“아아아 알았어요. 내가 한번 최선을 다해 보리다.”

“(눈을 부릅뜨며) 아저씨, 만약 2주 내로 창문 안 오면 나 아저씨 가게에 이 배를 하고 다시 찾아올 거예요. 아저씨 가게에서 애 나올지도 몰라요.”

돈놀이하는 건달이 수금하러 온 모양새로 아저씨에게 내 돈 주고 내가 산 창문을 내놓으라고 닦달을 했다. 아저씨에게는 미안했지만 태어날 아기를 위해서는 그 방법밖에 없었다. 벨기에서 제때에 물건을 받으려면 약간의 윽박지르기가 필요했다. 남산만 한 배를 부여잡고 다시 나타난다 협박을 해서였는지는 몰라도, 일주일 뒤에 창문은 도착했고, 가스난로만 있는 집에 이중창이 설치되어 그나마 북극과 같은 추위는 피할 수 있었다. 양말은 두 개씩 신고, 내복, 티셔츠, 스웨터를 기본으로 세 겹, 네 겹씩 겹쳐 입었다. 한국에는 겨울에도 집에서 반팔 차림으로 지내는 사람들이 있지만 벨기에에서는 턱도 없는 이야기다.

당시 우리 집의 문제는 추위만이 아니었다. 벽도 안 발라진 상태라 벽에서 모래가 계속 떨어졌다. 결국 인부를 고용했다. 폴란드 사람 두 명이 아침 8시에 와서는 빵 몇 쪼가리만 먹고 죽어라고 일을 했다. 오랜 진통 끝에 출산한 후 빵 두 조각으로 허기를 채운 서러운 기억 때문인지 힘쓰는 일을 하며 빵을 먹는 모습이 나는 그렇게도 안쓰러웠다. 이쯤 되면 빵 트라우마라 불러도 좋을 것 같다. 사실 꼭 그 일이 아니었어도 일꾼들이 든든하게 배를 채우지 못하고 일하는 걸 한국인은 절대 못 본다. 갓난아기를 업은 채로 토마토 미트볼을 요리해서 가져다주니 거절하지 않고 남김없이 다 먹었다. 그제야 마음이 좀 가벼워졌다. 이들도 따듯한 음식에 힘이 났는지 '벨기에 속도'와는 비교도 안 될 정도로 빠르게 마무리를 했다. 벽을 바르고 나니 이제야 조금 사람 사는 집처럼 느껴졌다.

유난히 추웠고, 눈도 많이 내린 겨울이었다. 난방도 잘 안 되어 전기장판 위에서 시린 코를 훌쩍였던 그 겨울. 그 겨울은 나와 아기, 그리고 베짱이가 서로의 온기에 기대어 함께 버틴 시간이었다.

엄마도 자란다

나는 아기가 태어나면 저절로 애착이 생기고 뭘 해야 하는지 자동으로 깨닫게 되는 줄 알았다. 그런데 아니었다. 내 새끼니 당연히 예쁘기야 하지만, 먹고 자고 싸고 먹고 자고 싸고를 무한 반복하는데 이것이 사람인가 하는 생각이 들었다.

수유 후 트림을 시키고, 기저귀 갈고, 목욕시키고, 재우고… 이런 엄마의 일은 본능이 아니었다. 게다가 나는 육아 용어에 무지했다. 그동안 내가 써 온 네덜란드어는 직장생활과 학문에 관련한 것이었기 때문에 기저귀, 턱받이, 아기 띠, 젖병, 공갈 젖꼭지 등의 단어를 새로 익혀야 했다. 우는 아이를 달래는 것도 너무 힘들었다. 아기가 우는 데는 이유가 있다는데, "누가 제발 통역 좀 해 주세요! 도저히 모르겠어요!"라고 외치고 싶은 심정이었다. 대체 왜 우는지 도무지 모르겠어서 하루 종일 아기를 안고 있던 날도 있었다. 배움에 있어 최고의 방법은 쥐 터지면서 배우는 거라고 믿는 사람인데, 육아가 그 믿음을 증명했다. 그야말로 잠 못 자고 아기가 토한 우유로 티셔츠 다 적셔 가며 초보 엄마는 천천히 하나씩 배워 갔다. 그러던 어느 날, 문득 이곳에 초보 엄마를 돕는 무언가가 분명 있을 거란 생각이 들었다. 찾아보니 산파midwife가 집에 방문해서 조언을 해 주는 시스템이 있었다! 그럼 그렇지, 죽으라는 법은 없다.

벨기에에는 두 종류의 산파가 있다. 병원에서 출산을 돕는 조산사와 출산 후 도움을 주는 신생아 가정방문 산파(아기 전문가)다. 산파 방문 시 모유 수유, 수면 패턴, 몸무게 증량 등 여러 조언을 받을 수 있다. 아기가 만 1살이 될 때까지 최대 12회 방문 신청을 할 수 있고, 회당 개인 부담금 11유로(한화로 약 17,000원)를 내면 된다. 나머지는 벨기에의 건강보험에서 지원한다. 방문 신청을 했고, 집에 온 산파로부터 아이가 잘 자라고 있으며 나도 엄마 역할을 잘

하고 있다는 이야기를 들었다. 누군가 내게 잘하고 있다고 말해 주니 마음이 놓이면서 눈물이 날 것만 같았다. 이후로 도 육체적으로 고단한 일상은 이어졌다. 잠을 내리 자지 못 하는 것은 기본이고, 아기가 울까 봐 화장실도 제대로 못 가고, 안아서 재운 뒤 조심스레 내려놓으면 바로 깨는 통에 다시 안아야 하고… 엄마 되기의 어려움을 점점 알아 갔다.

물론 고단하기만 한 것은 아니었다. 함께 있는 시간이 늘면서 아기가 무엇을 좋아하는지, 어떤 성격인지 조금씩 알아 가는 즐거움도 있었다. 요리조리 뜯어보니 아기는 내 성격을 빼다 박았다. 유모차 타고 바깥바람 쐬는 것을 좋아 하고, 아기인데도 자기주장이 강했다. 나는 아이가 배가 고 파 우는 소리와 안아 달라고 우는 소리가 다르다는 것을 깨 우쳤을 뿐만 아니라 발로 아기 요람을 밀며 요리까지 하는 한 단계 업그레이드 된 엄마가 되었다. 그렇게 엄마의 삶에 익숙해지고 내 아이에 대해서도 알아 가고 있는데, 다시 출 근이었다.

육아를 해 보니, 애 보는 것보다 밖에 나가 일하는 게 더 쉽다는 말이 이해가 되었다. 말 못 하는 아기와 지내는 데는 사랑만으로 덮어지지 않는 힘겨움이 있었다. 출근을 앞두고 양가감정이 내 마음을 복잡하게 했다. '출근이라…
아, 이제 좀 살겠다'는 생각이 절로 들다가도 3개월짜리를
어린이집에 맡기려니 마음이 무거웠다.

*출근해서 좋아. 그런데 슬퍼. 미안해. 좋아. 슬퍼. 미안
해. 좋아. 슬퍼. 미안해. 좋아. 슬퍼. 미안해.*

어찌할 바를 모르겠을 정도로 감정들이 뒤엉켰다. 좋은
데 슬프다. 그리고 미안하다. 출근해서 해방감이 드는데, 아
기를 못 봐서 너무 슬프다.

'출근을 해야 벌어먹고 살아. 그러니 엄마를 용서해라.
강하게 커라, 아들!'

다행히도 아기는 어린이집에 가는 것을 좋아했다. 2호
는 어린이집에 가는 날부터 2년 반 내내, 유치원에 들어가
는 순간까지 매일을 울었다. 2회차 육아 짬밥이 있어 망정
이지 1호가 저렇게 울어 댔으면 정신이 탈탈 털렸을 것이다.

아이가 "엄마"라는 말을 처음으로 했을 때를 잊지 못한
다. 엄마라기보다는 '마'에 가까웠지만, '마마마마마'를 듣
고 울컥했다. 또 첫걸음마를 볼 수 있어서 얼마나 기뻤는

지…. 일하는 엄마라 역사적인 순간을 놓칠까 봐 걱정했는데 1호와 2호 모두 내 앞에서 첫걸음을 뗐다. 요 녀석들이 효자다.

퇴근 후에는 최선을 다해 아이와 시간을 보내며 내가 할 수 있는 모든 것을 했다. 아기에게 책을 500권쯤 읽어 주었던 것 같다. 한국 동화책이 없어서 네덜란드어 그림책을 빌려 내가 먼저 읽고, 그것을 한국어로 번역해서 여러 번 읽어 주었다. 밀가루 반죽 놀이도 하고, 물감으로 그림도 그렸다.

먹고 싸기를 무한 반복하는 아기를 보며 언제 크나 싶었는데, 나도 여전히 성장 중이라는 사실을 그 작은 아이를 통해 알게 되었다. 누군가의 존재가 나의 존재 이유가 되고, 그 누군가의 존재가 오로지 내 손에 달려 있다는 막중한 책임감을 처음으로 경험하면서, 엄마도 애벌레에서 나비로 성장했다.

벨기에 흑맥주와 엄마의 눈물

벨기에는 종교와 교육방법(학습법)에 따라 아이들 학교를 선택할 수 있다.

종교: 가톨릭, 유대교, 종교적 색채가 없는 학교

학습법: 클래식 교육법classical education, 경험주의 학습법 Experiential education, 몬테소리Montessori, 발도르프Waldorf, 달튼 Dalton, 프레넷Freinet, 제나플랜Jena Plan 등

집에서 가깝다는 이유로 1호를 오스트리아의 인지학자 루돌프 슈타이너Rudolf Steiner에 의해 만들어진 발도르프 교

육 학교에 보냈다가, 내 생각과 맞지 않는 교육방식과 학부모 참여를 매우 중시하는 학교 정책 때문에 꽤나 고생을 했다. 다양한 경험을 통해 아이들이 자주적인 정체성을 만들어 가기를 바랐던 나는, 결국 경험주의 교육철학을 가진 학교로 1호를 옮겼다. 이후 나의 삶은 평화로워졌다. 발도르프 학교에서는 기부금도 내야 했고, 화장실과 교실 청소, 아이들의 점심식사, 벽 페인트칠, 방과 후 돌봄 교실까지 부모들이 돌아가며 맡느라 부담이 컸다. 옮긴 학교에서도 행사에 부모 참여를 유도하긴 했지만 자율적으로 자원할 수 있었고, 책상 옮기기나 뒷정리 정도의 소소한 일만 서로 도와가며 했기에 별로 힘들지 않았다. 한 가지 변함없는 것이 있다면 빨래?

학교에 아이들을 데리러 가면 매번 놀란다. 아이들의 몰골은 심각하다. 학교에서 도대체 무엇을 하는 건지 모르겠다. 흙을 파 먹었는지 얼굴에, 몸에, 신발에 흙이 한 사발이다. 2호가 어리니 그럴 거라고 생각한다면 오산이다. 1호도 똑같다. 1호는 이제 12살이 되었는데 외투부터 신발까지 흙 칠갑이다. 흙바닥에 뒹굴거나 드러눕지 않은 이상 설명이 안 된다. 엄마 없이 길거리에 서 있으면 거지라고 생각할 것 같다.

　이렇다 보니, 옷은 하루 입으면 빨아야 한다. 아주 희귀한 경우를 제외하곤 이틀 연속 같은 옷을 입는 일이 없다. 덕분에 우리 집 세탁기는 쉬지 않고 돌아간다. 우리 집 세탁기 수명이 짧은 것은 아마도 흙과 모래 때문이 아닐까. 양말은 일주일이 지나면 버린다. 어떤 식으로 뛰어노는지 항상 같은 곳에 구멍이 나서 일주일을 넘기면 양말은 사망선고를 받게 된다. 그래서 우리 집에는 한 가지 규칙이 있다. '현관문 열기 전에 먼저 길에서 신발을 벗어 모래를 털고 문을 열자마자 옷을 다 벗은 후 욕실로 직행하기.' 그렇게 해도 몸에 물을 끼얹으면 흙맥주인지 목욕물인지 알 수 없을 만큼 시커먼 물이 흐른다. 흑맥주가 아니라 흙맥주다. 아이들이 학교에서 집으로 가져온 모래를 모으면 해운대 모래축제도 할 수 있겠다 싶다. 집 안 더러워지는 꼴을 못 보는 부모들이 전학을 보내는 경우도 종종 있다고 들었다.

　넘치는 빨랫거리로 세탁기는 단명하고 부모 눈엔 눈물이 나오지만, 사실 아이들에게는 더없이 좋은 학교다. 학교는 널찍한 공원 한가운데에 있다. 쉬는 시간과 점심시간에 아이들은 숲에서 구르며 자연에서의 경험을 쌓는다. 학교

내에 있는 놀이 공간에도 흙바닥에 나무판자로 만든 놀이 기구들이 가득하다. 학교에 진짜 톱이 있고, 아이들은 그걸로 나무를 자르며 논다. 낙엽을 모으고 신기하게 생긴 돌을 모은다. 1호와 2호 모두 돌 모으기에 열성적인데 지금까지 모은 돌이 5리터짜리 커다란 냄비 한솥 분량이다. 세탁기를 돌릴 때 둔턱한 소리가 나면 십중팔구 아이들의 주머니에서 나온 돌이 세탁기와 부딪혀 내는 소리다. 이러니 세탁기의 수명이 짧을 수밖에. 나에겐 그냥 돌일 뿐이지만 아이들은 마치 금덩이마냥 고이고이 모셔 둔다. 아이들의 돌을 담아 두는 큰 유리병이 있다. 몇 차례 버리려 시도했지만 모두 실패했다. 지하실에 두었다가 일주일이 지나도 찾지 않으면 버리려는 계획이었는데, 이것들이 귀신같이 알고 묻는다. "엄마 돌멩이 어딨어?" 결국 다시 꺼내 놓기를 수차례. 장가갈 때 예물로 싸 보내야겠다.

깨끗한 바닥에서 깨끗하게 놀다 깨끗한 바지로 집에 오면 엄마의 일은 적겠지만, 흙바닥에서 친구들과 낙엽과 돌멩이를 가지고 놀았던 기억은 어른이 되어 힘들 때마다 꺼내 볼 수 있는 소중한 보물이 될 것이다. 보물뿐이 아니라 예물도 될 것이다. 맹자 어머니는 맹자 교육을 위해 세 번이나 이사를 했다는데, 까짓것 놀아라. 엄마가 세탁기 열심히 돌려 볼게. 세탁기야, 죽지 말고 오래오래 함께하자.

내 자식이 칭챙총 소리를 듣고 왔다

인종이 다른 나라에 살면 인종차별을 당할 확률은 높아진다. 겉모습에서 이미 다름이 확연히 드러나기 때문이다. 그리고 인종차별은 나라에 관계없이 해당자가 해당 국가의 소수 인종일 때 발생한다.

엄마의 유전자가 센지 내 두 아이는 매우 한국인처럼 생겼다. 가끔 TV에 금발에 가까운 아주 밝은 머리색의 혼혈 아이들이 나오던데, 나의 아들들은 한국 학교에 데려다 놓아도 이질감이 없을 만큼 내 쪽에 가깝다. 게다가 둘 다 한국 이름을 가졌다. 1호는 한글 이름이고, 2호는 '한국을 빛내는 사람이 되어라'는 뜻의 한자 이름이다. 베짱이는 이런 면에서 이해심이 많다. 나는 아이들이 벨기에에 살더라도 반은 한국인이라는 것을 잊지 않았으면 하는 마음에서 마이클, 릭, 탐이 아닌 한국 이름을 제안했고, 베짱이는 아쉬운 내색 없이 그러자고 했다. 성은 아빠 성이니 그걸로 만족하는 듯했다.

나는 이름이 두 개인 것이 싫다. 한국 이름, 외국 이름으로 나뉘는 것이 싫어 긴 외국살이 동안 한국 이름을 고수했다. 벨기에에 이민을 왔다고 해서 갑자기 내 이름이 신디 혹은 멜라니가 되는 것이 상상이 되지 않았다. 아이들도 한국 이름 하나다. 얼굴도 튀는데 이름까지 튀니 금발 머리가 가득한 학교에서 눈에 띌 수밖에 없다. 벨기에의 동양인 비율이 매우 낮은 것도 한몫할 것이다.

수년 전 일이다. 학교에서 돌아온 1호가 말했다.

"엄마, 학교에서 어떤 애가 나한테 '칭챙총'이라고 했어. 그래서 기분이 나빴어."

뭣이라고? 피가 거꾸로 솟는 것 같았다. 내가 인종차별을 당하면 피식 웃어넘기거나, '저런 수준 낮은 인간이…'라며 무시할 수도 있다. 그런데 내 자식이 칭챙총 소리를 듣고 오니 내가 당한 것보다 열 배는 더 화가 났다.

　인종차별에 대응하는 방법은 두 가지다. 무시하는 것과 적극적으로 대응하는 것. 적극적인 대응에도 두 가지 선택지가 있다. 차별하는 사람에게 욕을 퍼붓거나 가르침을 선사하는 것. 아이들은 인종차별이 무엇인지 모르는 경우가 있다. 피부색이나 외모가 다르단 이유로 놀리는 것이 나쁜 일이라는 것을 모른다. 특히나 “칭챙총”이라는 말은 아이들이 대부분 장난으로 치부한다. 듣는 사람에게는 큰 상처를 주는데도 말이다.

　나는 인종차별에 아주 적극적으로 대응하는 편이다. 아이로부터 이야기를 들은 후, 교장실에 전화를 걸어 자초지종을 설명했다. I-message(나 전달법)를 사용해 상대 아이의 잘못을 탓하지 않고 우리의 기분이 어떠했는지에 초점을 맞추었다. 소수 인종으로서 느낄 수 있는 차별에 관한 감정을 피력했고, 학교에서는 재발 방지를 약속했다. 하지만 그것으로는 충분하지 않았다. 아이들 사이에서 일어나는 일을 학교에서 세세히 관리할 수는 없는 일이 아닌가. 학교를 믿지 않는 것은 아니지만 이런 일이 또 생길 것에 대비해 나는 정공법을 선택하기로 했다. 아이들이 저런 말을 하

는 것은 단순히 '몰라서'인 경우가 많다. 그렇다면 알게 해
줘야 한다. 나는 가장 한국적인 방법으로 학교 아이들에게
배움의 기회를 주기로 결심했다.

학교에 행사가 있을 때마다 짜잔 하고 나타났다. 아이
들에게 한국어로 전래동화를 읽어 주며 한국어 발음을 듣
게 했고, 이어 네덜란드어로 무슨 내용인지 설명해 주었다.
다른 나라에 대해 배우는 수업에 선생님이 지원자를 찾으
면 망설이지 않고 나가 한국을 소개했다. 한국이 다른 아시
아 국가와 다른 점은 무엇인지, 한국의 식문화와 역사는 어
떠한지 가르쳐 주었다. 그뿐만 아니라 젓가락 사용법을 알
려 주고 한글로 자기 이름 써 보기 등의 체험 활동도 함께
했다. 아이들의 흥미를 자극하기 위해 곱게 개량 한복을 입
고는 머리에 쪽을 지기도 했다. 내친김에 한복에 대해서 설
명하고, 1, 2호가 돌 때 입었던 전통 한복도 가져가서 보여
주었다. 그런데 요즘 아이들에게는 전통만 강조해선 씨알도
안 먹힌다. 트렌디한 한국에 대한 소개도 필수다. 유럽의 오
래된 도시에는 높은 건물이 없다. 이런 곳의 아이들에게 한
국에는 세계에서 다섯 번째로 높은(당시는 다섯 번째였다)
555미터짜리 건물이 있다고 말하며 롯데월드타워 사진을

보여 주면, 탄성에 가까운 "우와" 하는 함성이 터진다. 그 후에 퀴즈를 낸다. "세계에서 가장 높은 건물은 무엇일까?" 정답은 두바이에 있는 부르즈 할리파.

"이것도 한국 회사가 지었어. 한국은 기술 강국이란다. 그리고 K-pop 알지? 너희가 알고 있는 BTS, 블랙핑크, 로제도 한국 아이돌이야."

어린애처럼 자랑도 하고 어린애들 수준에서 친밀감을 유도한다. 어찌 보면 유치하기 이를 데 없지만 초등학생들에게는 잘 먹힌다. 마지막으로 피부색이 달라도 본질적으로 우리는 동일한 아픔과 기쁨을 느끼는 똑같은 사람이라고 말하며 수업을 마친다.

다른 나라에 대한 포용력을 키우는 것과 그 학습에 대한 책임을 학교에만 전가할 수는 없다. 1호와 2호에게도 반은 한국인인 것을 자랑스러워할 뿐만 아니라, 적극적으로 한국을 알려 친구들이 한국에 대해 잘 알 수 있도록 도와주라고 말했다.

1호와 2호 모두 5살에 태권도를 시작했다. 벨기에의 태권도장은 매운맛이다. 겨루기 모습을 보고, 초등학생이 무척 격하게 한다고 생각했다. 어린이 태권도 수업이지만 길거리에서 싸움에 휘말렸을 때 상대를 제압하는 호신술을 가르친다. 적당히 시간 때우는 곳이 아니라는 말이다. 월드 챔피언십 메달리스트를 상당수 배출한 나라답게 벨기에에서 태권도의 인지도는 상상 이상이다.

학교에서 장기자랑이 있으면, 태권도장에 문의해 송판 몇 개를 구매하고 비장한 음악도 준비한다. 한석봉 어머니는 떡을 썰고 한석봉은 붓글씨를 썼다는데, 나는 송판을 잡고 1호는 태권도 품새와 송판 깨기 시범을 전교생 앞에서 해 보인다. 송판이 한 장 한 장 깨질 때마다 아이들의 함성은 더 커진다. 다음에는 더 연습시켜서 머리로 기왓장 깨기를 보여 줘야 하나?

학교에서 크리스마스 파티를 하면 각 가정에서 요리 하나씩을 학교로 보낸다. 그때마다 나는 떡꼬치, 김밥, 계란팽이버섯전 같은 한국 음식을 싸서 보낸다. 김밥에는 "김밥"이라는 이름표와 함께 스시와 다른 점을 적어 놓는다. 얼마 전 학교 파티에 싸 보낸 떡꼬치를 먹은 1호네 반 아이가 나를 반기며, "아줌마, 오늘 요리 진짜 맛있었어요. 감사합니다" 인사를 하는데 매우 뿌듯했다. 나중에 들은 이야기로는 서로 먹겠다며 싸움까지 났다고. 몇몇 학부모들의 요청에 담임선생님과 반 학부모를 모아 놓고 두부 부침과 떡볶이 만드는 법을 알려 주기도 했다.

다른 배경이 오히려 특별함으로 여겨지고 장점이 되기도 하는 시대에 내 아이들이 태어나 살고 있음에 감사하다. 벨기에에 처음 도착했을 때만 해도 한국이 어디에 있는지 알지 못하는 사람들이 수두룩했다. 그런데 이제는 반 한국인이라는 이유로 학교에서 인기가 많다. 생일 파티며 친구네 집 초대며, 1호와 2호는 공사가 다망하다.

결과적으로 정공법은 좋은 전술이었다. 덕분에 내 휴가는 아이들 학교에 가서 한국을 알리느라 점점 줄어들고 있지만, 내 아이들이 엄마의 나라가 한국이라는 것과 자신들이 반은 한국인이라는 것을 자랑스럽게 여긴다면 휴가 며칠쯤 덜 즐기는 게 뭐가 대수겠는가.

나는 내 아이들이, 문제를 만났을 때 넋 놓고 가만히 있기보다는 스스로 문제를 파악하고 적극적으로 행동하기를 바란다. 이렇게 저렇게 하라고 지시하는 데 그치지 않고 문제 해결을 위해 직접 나서서 노력한 내 모습을 보며, 어떤 문제든 적극적으로 반응하면 해결할 수 있다는 것을 배웠기를 바란다.

　아들들아, 강하게 커라! 엄마가 항상 너희 뒤에 있을게.

머릿니 검사

지금부터 아주 놀라운 이야기를 하려고 한다. 나의 코흘리개 시절, 그러니까 1980년대 이야기가 아니라 무려 2025년 벨기에의 이야기다.

나는 한국에서 일명 방구차라 불리던 방역차를 따라다녀 보았고, 똥이 든 배변 봉투를 책가방에 넣어 가져가서 선생님께 드린 기억도 있다. 그런데 그 시절에도 내 기억에 머릿니 검사는 없었다. 88 올림픽을 기점으로 개인위생은 개선되었고, 반에서 이가 있는 친구를 본 기억은 없다. 그런데 그 귀한 것을 이곳에서 보게 되었다.

바야흐로 1호가 초등학교에 갓 입학했을 무렵이었다.

밥을 먹고 있는 아이 뒤편에 서 있는데, 아이 머리에서 무언가가 보였다. 허연 무언가가 하나도 아니라 여러 개 머리카락에 달려 있었다. 인터넷에 검색을 해 본 결과, 그것은 머릿니의 알, 서캐였다. 이럴 수가. 아이 머리를 뒤져 보니 무언가 움직이는 것이 보였다. 두피에는 이곳저곳 물린 상처가 있었다.

아이의 친구 엄마에게 전화를 해서 머릿니가 있는 것 같은데 어떻게 해야 하냐고 물었다. 많은 경험과 노하우를 장착한 그가 대수롭지 않게 대답했다.

"아, 머릿니 처음 봤어? 여기선 고질적인 문제야. 약국에 가면 머릿니 박멸 샴푸와 머릿니 빗도 팔아. 난 또 뭐 심각한 일인가 했네."

내 귀를 의심했다. 이것이 심각한 일이 아니라면 무엇이란 말인가. 소위 서유럽의 선진국이라 불리는 벨기에서 난생처음 머릿니를 접하게 될 줄이야. 알고 보니, 유럽의 초등학교에서는 머릿니가 흔했다. 심지어 어떤 노력으로도 머릿니 박멸에 실패하는 아이들이 있어서 내가 사는 도시의 시내 한복판에는 '머릿니 박멸 클리닉'도 있다. 특수 스팀 기계를 사용한다고 하는데 절대로 죽지 않는 머릿니를 죽이고 서캐까지 파괴한다고 한다. 그런데 그렇게 돈과 노력을 들여 박멸한 머릿니는 반 아이들 중 한 명이라도 서캐가 있을 경우 다시 옮아올 수 있다. 학교가 위생이 좋지 않은 가난한 동네에 있어서가 아니다. 벨기에의 모든 초등학교에서 공통적으로 겪는 문제다.

머릿니 샴푸 한 통을 다 쓰고, 두 번째로 구입한 샴푸도 한 통을 다 썼는데 머릿니는 사라지지 않았다. 없애면 옮아오고 없애면 다시 옮아오고의 반복이었다. 아이들끼리 머리를 맞대고 놀거나, 일렬로 세워져 있는 학교 옷걸이에서 머릿니가 이동하니 도무지 끝이 보이지 않았다. 샴푸를 머리에 바르고 있는 것도 고역이었다. 이상한 석유 냄새가 나는 꾸덕꾸덕한 질감의 샴푸로 머리를 적셔 놓고 한 시간 정도를 기다렸다가 물로 헹궈 내야 한다. (덕분에 아이들은 샴푸를 묻힌 채로 한 시간 동안 TV를 보는 기회를 얻는다.) 또한 머릿니 박멸 프로젝트가 성공하기 위해선 아이들만이 아닌 가족 모두가 이 샴푸를 사용해야 하는데, 이 샴푸로 머리를 감으면 빗이 내려가지 않을 만큼 머리카락이 개털이 되는 효과를 볼 수 있다.

그러던 어느 날, 한 학부모와 이야기를 나누다가 이 끝나지 않는 전쟁의 원인을 알게 되었다.

"정말 지겹지 않아요? 머릿니 말이에요. 우리는 머릿니 박멸 샴푸를 세 통이나 썼어요."

"우리는 그런 화학적인 냄새 나는 샴푸는 안 써요. 그 대신 라벤더 오일로 머리를 비벼 줘요. 머릿니 박멸 샴푸는 머리털이 개털이 되잖아요."

잠깐, 내가 무슨 말을 들은 것인가. 자기 자식 머리털이 개털이 된다고 자연주의 요법을 사용하고 있었단 말인가? 알고 보니 이 집만이 아니었다. 또 다른 집은 티트리 오일을 사용하고 있었다. 이런 오일은 방지 차원이지 머릿니를 박멸하는 데는 도움이 되지 않는다. 결국 여러 학부모가 학교에 분기별 머릿니 검사를 요청하기에 이르렀다. 믿기 어렵겠지만 실제로 학교에서 선생님들이 참빗을 들고 다니며 머릿니 검사를 시작했다. 아이의 머리에서 이가 발견되면 학교에서 부모에게 연락을 한다. 계속 이가 발견될 경우, 마치 부모가 손 놓고 아무것도 안 하는 사람으로 비치니 매일 참빗으로 머리를 빗든 화학적인 샴푸를 쓰든 조치를 취하게 된다. 머릿니 검사는 효과가 있었다.

며칠 전, 학교로부터 다음과 같은 메일을 받았다.

모든 아이의 머리를 검사한 결과 서캐나 이는 나오지 않았습니다. 머릿니 검사 세 번 연속으로 아무것도 발견되지 않았습니다. 축하합시다. 이는 학부모들이 다 함께 연대한 덕입니다. 이를 잡기 위해 노력한 학부모들에게 다시 한번 감사드립니다.

하아, 길고 긴 머릿니와의 투쟁에서 드디어 승리했다. 언제 또 나올지 모른다는 것이 문제지만, 어찌 되었든 일단은 승리를 만끽하자.

이제 이 잡기는 생활화가 되었다. 스카우트 캠프나 스포츠 캠프에서 돌아오면 아이들은 무조건 1차로 참빗 테스트를 한다. 학교에 갈 때는 머릿니 방지 차원에서 머리에 라벤더 오일을 바른다. 나에게 '라벤더'는, 아기자기하고 보랏빛이 가득한 프랑스의 아름다운 마을 프로방스가 아니라 남의 피를 빨아먹는 시커먼 해충을 떠올리게 한다.

그나마 다행인 점은 머릿니는 청소년, 성인에게는 거의 나타나지 않고 주로 어린이들을 노린다는 것. 조금만 더 힘을 내면 한 놈은 머릿니의 뫼비우스의 띠로부터 곧 탈출이고, 또 다른 놈도 몇 년만 더 버티면 된다. 희망이 보인다.

대입보다 어려운 중학교 입학

내가 사는 도시에서 중학교 입학을 앞둔 아이의 부모들은 이른 봄이 시작될 무렵이면 다크서클이 무릎까지 내려와 있다. 입시설명회가 몰려 있는 2월과 3월은 그야말로 코피 쏟을 정도로 중학교 이곳저곳을 돌아보느라 정신이 없기 때문이다. 한국의 부모들만 자녀 교육에 온 정신을 쏟는다고 생각한다면 오산이다. 벨기에도 자식 교육에 부모들이 열성적이다. 그나마 한국은 중학교와 고등학교가 분리되어 있어 중학교 이후에 실업계, 인문계, 특수목적고 등을 선택할 수 있지만, 중고등학교가 나눠져 있지 않은 벨기에에서는 초등학교 6학년이 끝나는 시점에 진로를 선택하게 된다.

인생의 큰 결정을 내리기에 6학년은 너무 어린 나이가 아닌가 싶다. (입시설명회에는 아이들도 함께 간다.)

벨기에의 중등 교육 시스템은 총 6년으로 구성된다. 학교는 인문계 중고등학교, 예술중고등학교, 기술중고등학교, 직업학교, 이렇게 네 부류로 나누어진다. 인문계와 예술중고등학교는 고등 교육 수학이 목적이고, 기술중고등학교는 컬리지 진학과 취업 중에서 선택할 수 있는 구조다. 직업학교의 학생들은 졸업 후 바로 취업을 한다.

첫 2년은 학교에 관계없이 동일한 교육을 받고, 그 이후 교육은 2년마다 선택하는 진로에 따라 달라진다. 인문계, 기술, 직업 교육이 함께 있는 학교도 있고, 한 종류만 있는 학교도 있다. 어찌 보면 중학교, 고등학교가 분리된 한국과 비슷한 시스템처럼 보일 수 있으나 자식 교육에 관심 있는 부모의 대다수가 진학한 학교에서 인문계 6년 과정을 마치길 바라기 때문에 초기 선택이 아주 중요하다. 인문계로 진로를 결정했는데 다음 학년으로 진급할 만큼의 성적이 나오지 않으면 학교에서 기술계통으로 진로를 바꾸는 것을 권하기도 한다. 이때 인문계통으로 계속 공부를 하려 중등 교육과정 1년을 다시 공부하는 경우도 꽤 있다.

　벨기에에는 총 11개의 대학이 있고 모두 국립대학이다. 이곳에서는 주로 학문 연구 위주의 교육이 이루어지며 졸업 후에는 대부분 석사나 박사 과정으로 이어진다. 한편 41개의 컬리지에서는 실용학문을 공부하는데, 졸업 후 바로 취업을 할 수 있는 전공들이 주를 이룬다. 예를 들어, 학사를 마치고 석사와 박사 과정을 밟을 수 있는 경제학은 대학에서 배우고, 취업을 목표로 한 재활물리치료학은 컬리지에서 공부한다. 즉, 졸업 후 더 깊은 학문 연구로 이어질 가능성에 따라 대학 혹은 컬리지를 선택한다. 대학을 졸업하면 Academic bachelor, 컬리지를 졸업하면 Professional bachelor라는 타이틀이 주어진다.

　중학교 입시가 자녀 인생의 방향을 좌우하는 큰일이다 보니 부모들의 스트레스가 이만저만이 아니다. 게다가 학교마다 학풍이나 교육방식이 현저히 달라서 부모들이 눈에 불을 켜고 내 아이에게 가장 잘 맞을 만한 학교를 고르러 다닌다. 고심 끝에 6학년 3월 말에 원서를 접수하면, 5월에 최종적으로 학교를 배정받는다. (새 학기는 9월에 시작한다.) 인구가 적은 도시에서는 지망학교를 한 개만 적어도 큰 어려움 없이 진학이 가능하지만 내가 사는 도시는 외부에서 유입되는 학생이 많아 희망 순으로 5개 이상을 적어서 지원해도 가장 원하는 학교에 배정된다는 보장이 없다. 컴퓨터 제비뽑기로 배정하는 시스템이라 그야말로 복불복이다. 작년만 해도 이 도시의 4000명 이상이 자리가 없어서 타 도시 중학교에 진학을 했다고 들었다.

가톨릭 중등 교육 기관이 가장 인기가 있다. 이 도시의 성적 탑 10 학교는 대부분 가톨릭 학교다. 가톨릭 중등학교들은 들어가기만 하면 대학 교육까지 성공적으로 마칠 수 있을 만큼 독하게 공부를 시키는 데다가 탄탄한 졸업생 네트워크를 구축하고 있어 변호사, 의사, 사업가 등의 동문을 가지게 된다. 또 다수가 교복을 입고 규율을 중시한다. 아이러니하게도 자유로운 경험주의 학교로 자녀를 보냈던 대다수의 학부모들이 중학교는 규율을 중시하는 학교를 선택한다. 이제 어린이 시절은 지나갔으니 진짜 사회와 비슷한 집단에서 배우기를 바라는 것이다.

나는 공부를 안 할 거라면 용접, 목공, 배관, 전기 등의 기술을 배워 일찍 직업 전선에 뛰어드는 것도 나쁘지 않다는 주의다. 유럽에서는 이런 분야 기술자를 구하는 것이 하늘의 별 따기일 뿐만 아니라 이들이 돈도 잘 번다. 학력과 교양을 중시하는 유럽 중산층의 조건에 부합하지 않더라도 자기 밥벌이하는 데는 아무런 문제가 없고, 오히려 ‘중산층’에 속하는 회사원보다 소득이 훨씬 높은 경우가 많다. 그래서 중학교 진학을 앞둔 1호에게 공부하기 싫으면 안 해도 된다고 얘기했는데, 1호는 인문계에 가겠다고 한다. 누구를 닮았는지 수학을 좋아한다. 엄마도, 아빠도 수학과는 담을 쌓고 살아왔는데 정말 미스터리다. 본인이 선택했으니 자기 입으로 한 말을 절대 잊지 않게 해 줄 것이다.

인문계 학교 과정을 따라가지 못하면 중간에 기술학교나 직업학교로 옮기게 되는 일도 잦다. 겨우 중학교인데 매년 시험 통과 여부가 부모들의 고민거리일 정도다. 한국처럼 사교육은 없지만, 공부 안 하고 팽팽 놀아도 되는 시스템은 아니라서 학원 대신 집에서 머리 싸매고 공부를 해야 한다. 이런 분위기다 보니 대부분의 학부모가 자녀가 5학년이 되면 입시설명회를 찾아다닌다. 나도 작년에 세 군데, 올해 다섯 군데에 다녀왔다. 워킹어멈이 주말도 반납하고 입시설명회를 다니려니 죽을 맛이었다.

자유롭고 직업의 귀천이 없는 유럽을 생각했다면 아마도 깜짝 놀랄 것이다. 유럽은 아이들의 적성과 자유를 보장하고, 공부를 조금만 해도 되는 곳이라 생각하는 사람들이 많은 것 같은데, 사람 사는 곳은 기본적으로 다 똑같다.

여기서 잠시 유럽의 중산층에 대해 설명이 필요할 것 같다. 유럽에서 소위 중산층은 경제적인 측면이기보다 문화적인 개념이라고 봐야 옳다. 외국어를 두세 개 정도 구사하고, 다루는 악기가 하나쯤 있고, 고등 교육을 받았으며, 문학을 즐기고 예술에도 해박한, 교양 있는 집단을 의미하기 때문이다. 이 집단은 그들의 지위를 교육을 통해 자녀에게 물려준다. 부모가 찾아준 좋은 학교에서 공부하고, 좋은 직업을 갖는 것이다. 그리고 그것은 그다음 세대로 이어진다. 할아버지, 아버지, 아들 3대가 동문인 경우도 많다. 이민 2세대 혹은 3세대가 성공하기 힘든 이유가 여기에 있다. 빈민가에 모여 사는 이민자들은 하루 밥벌이가 우선이라서, 자녀가 어느 학교에서 어떤 공부를 하는지, 자녀의 적성이 무엇인지 신경 쓸 여유가 없다. 그저 방과 후에 부모를 도울 수 있도록 집에서 가까운 학교에 보내게 되는데, 빈민가 내의 학교는 대부분 실업계나 직업교육학교다. 애초에 다른 가능성이 사라진 선택을 하게 되는 셈이다. 결론적으로 흙수저니 금수저니 하는 것은 한국만의 이야기가 아니다. 계층에 따라 달라지는 양육 태도와 교육 수준은 그다음 세대로 이어진다.

서구권은 사교육이 없으니 상대적으로 자유로울 것이라는 생각은 반은 맞고, 반은 틀리다. 자녀 인생의 중요한 선택을 해야 한다는 점에서 부모의 부담감은 크게 다르지 않다. 1호를 위한 선택을 앞두고 있는 지금, 나 또한 그렇다. 앞으로 갈 길이 멀지만 내가 아이에게 진짜 해 주고 싶은 말은 분명하다.

"꿈을 찾는 여정에서 넘어져 피가 나도 다시 일어나서 걸으면 돼. 빠꾸하지 말고 계속 가면 돼. 네가 어떤 길을 가든지 응원한다, 아들!"

체력은 모든 것의 기본

내가 공부보다 중요하게 생각하는 것이 있다. 바로 인내심과 체력이다. 공부뿐만이 아니라, 본인이 세운 목적을 달성하기 위해선 저 두 가지가 필요하다. 나는 스포츠가 이를 기르는 활동이라고 생각한다.

스포츠는 감정을 다스릴 수 있게 하고 근성을 길러 준다. 베짱이가 스포츠에 관심이 있었다면 참으로 좋았겠으나 그는 자기 자식이 나오려 할 때나 겨우겨우 뛰는 사람이다. 간간이 배드민턴을 같이 치는데, 그때도 뛰지는 않는다. 뛰지 않고 팔만 움직이는 고난도의 스킬을 보여 준다. 결국 아들 둘과 함께 뛰는 건 나다.

나는 아이들이 어릴 때부터 체력 단련을 시키며 지구력을 키웠다. 그래서인지 우리 집 아이들은 20킬로 정도는 거뜬히 걷는다. 불평불만이 나올 때쯤 아이스크림 하나씩 입에 물려 주면 또 다리 아픈 것을 잊은 채 한참 동안 잘 걷는다. 1호가 3학년일 때는 1호 친구까지 데리고 6.8킬로 달리기 대회에 출전하기도 했다. 성인 참가자들 틈에서 그 짧은 다리가 안 보이게 아다다다다 뛰어 둘 다 완주 메달을 받았다. 하다 하다 남의 자식까지 데리고 달리기 대회에 출전하다니. 아들 친구의 엄마는 열심히 응원을 했다.

"포기하지 않고 계속 뛰면 결승점에 도착하고 메달을 받는다." 이거야말로 인생의 가장 단순한 진리가 아닐까. 진리를 깨달았는지는 모르겠으나 1호가 집에 와서 어찌나 메달을 자랑하던지, 2호가 자기도 갖고 싶다며 우는 통에 나는 둘 다 데리고 또 한 번 달리기 대회에 나갔다. 그해에만 달리기 대회에 3회 정도 참가했던 것 같다.

2호는 매주 스카우트에 간다. 추울 때는 차디찬 바람을 맞아 가며 스카우트 기금을 모으기 위한 수프를 팔고, 더울 때는 일주일간 야외에서 텐트를 치고 친구들과 함께 밖에서 구른다. 참을성을 키우기에 더없이 좋은 시간이다.

아들 둘과 몸으로 함께하며 나도 몸 쓰는 재미를 알게 되었다. 숨이 차고 다리가 무거워 3킬로도 겨우 뛰던 내가, 이제 10킬로는 거뜬히 달린다. 힘들게 뛰고 난 후에 하는 샤워는 말할 수 없이 개운하다. 게다가 고봉밥을 먹어도 죄책감이 들지 않으니 이 얼마나 즐거운 일인가.

아무튼 군대 조교처럼 아이들을 굴리니 지구력과 체력뿐만이 아니라 아이들의 학교생활에도 도움이 되었다. 남자아이들의 세계는 마치 동물의 왕국 같다. 누가 나보다 강하고 약한지, 어렸을 때부터 힘의 서열을 본능적으로 인지한다. 동양인에 가까운 외모에 한국 이름을 가진 아이들이 학교에서 겪게 될 일이 우려됐던 나는, 아이들이 5세가 되자마자 태권도장에 보냈고, 방학이면 무조건 스포츠 캠프에 보냈다. 주말에는 함께 7킬로를 달리고 배드민턴, 수영, 자전거 등 다양한 활동을 했다. 덕분에 체력 하나는 끝내주는 아이들로 자랐다. 그리고 그 체력은 타인으로부터 자신을 지킬 수 있는 힘이 되었다.

나는 내 아이들이 정서적으로나 신체적으로 공격을 받았을 때, 허허 웃고만 있지 않았으면 좋겠다. 자신을 지키고 보호하는 일이 다른 사람의 입장을 이해하는 것만큼 중요하다는 것을 깨달았기 때문이다. 한국에서도 그렇겠지만, 특히 해외살이에서 부당한 일을 당하고도 반박을 하지 못하거나 시시비비를 제대로 가리지 못하면 한순간에 호구가 되기 십상이다. 억울한 일에 딱 한 번만 제대로 대응을 해도 이후로는 그런 대응을 해야 할 일 자체가 생기지 않는다. 만만한 사람이 아니라는 것을 모두가 알게 되는 것이다. 아이들의 세계도 마찬가지다.

아이들 학교에 운동화 브랜드로 친구들을 분류하는 A가 있었다.

[같이 놀 수 있는 애, 그냥 그런 애, 찐따]

하루는 어떤 아이가 A의 비싼 신발을 실수로 밟았는데 A가 신발을 밟은 아이에게 이렇게 말하는 것을 직접 목격했다.

"야, 내 신발 밟았냐? 이건 니 꺼랑 비교도 안 되게 비싸. 너 팔아도 이 신발값 안 나오거든."

평소에 A는 1호를 종종 무시했고, 아이는 집에 와서 속상한 마음을 털어놓곤 했다. 나는 역할극을 통해 1호가 A의 언행을 구렁이 담 넘어가듯 스리슬쩍 받아칠 수 있도록 연습시켰다. 내가 A 역할을 하고, 1호가 말로 A를 제압해보게 한 것이다. 그리고 당부했다. "절대 네가 먼저 다른 아이를 때려선 안 되지만, 누가 너를 때렸을 때는 맞고만 있지 말아." 맞고도 가만히 있으라는 건 나중에 부당한 일을 당했을 때도 입을 다물고 아무것도 하지 말라는 것과 같았다. 나는 아이에게 스스로를 지키기 위해서는 적절한 대응이 필요하다고 가르쳤다.

그러던 어느 날, 사건이 벌어졌다. A와 1호가 말다툼을 하던 중에 A가 1호를 들이받은 것이다. 그리고 이내 엎어치기를 시도했다. 그런데 A가 사람을 잘못 봤다. 호랑이 조교인 한국인 엄마에게 다년간 훈련을 받은 아들은 A를 그대로 번쩍 들어서 바닥에 내려놓았다. 그 모습을 지켜보던 소위 '잘 나가는' 그룹의 아이들은 순식간에 분위기가 얼어붙었고, 도망을 갔다. 그날 이후로 1호는 학교에서 더 이상 무시받지 않았을 뿐만 아니라 친구들이 같이 밥 먹고, 같이 놀고 싶어 하는 아이가 되었다. 발 없는 소문은 참으로 빨라서 2호 학년까지 퍼져 아직 어린 2호는 아주 평화로운 학교생활을 하고 있다.

국제정세나 정치도 깊이 들여다보면 단순하다. 초등학

생의 학교생활과 크게 다르지 않다. 힘을 키우는 것이 중요하다. 먼저 공격은 하지 않더라도 누군가 공격을 해 왔을 때, 상대를 제압할 수 있는 힘을 길러 놓아야 한다.

인싸가 유행시킨 한국어

　　A를 번쩍 들어 바닥에 살포시 내려놓은 일 이후로 1호는 학교에서 인싸가 되었다. 아이 학교는 건물 벽 일부가 유리로 되어 있어 아이들이 교실에 들어가는 모습을 볼 수 있는데, 1호는 정문에서부터 교실에 들어가기까지 한나절이 걸린다. 친구들이 옆에 붙어서 계속 말을 걸고, 1호는 또 그 모두와 인사하느라 한 걸음 떼기가 어렵다. 학교가 끝나고 데리러 가도 상황은 비슷하다. 친구들에게 둘러싸여 뭐가 그리 재밌는지 킥킥거리며 수다를 떠느라 가장 마지막에 나온다. 이것을 좋다고 해야 할지 잘 모르겠다. 기다리는 엄마는 한참이 걸려서 나오는 아들 때문에 미간이 찌푸려진다.

나를 닮아 빠꾸 없고 활발한 1호는 한국을 굉장히 좋아한다. 가장 좋아하는 음식은 쌀밥에 미역국. 점심 도시락으로 종종 미역국을 싸 갈 정도로 한식파인 데다 한국어도 곧잘 한다. 어릴 적에 한국 아이들 사이에서 유행하는 애니메이션을 전부 봤다. 뽀로로부터 로보카 폴리, 터닝메카드, 신비아파트, 헬로카봇, 코코몽, 옥토넛까지. 특히 헬로카봇의 차탄 군에게 내가 신세를 많이 졌다. 한국에서 한 달 동안 유치원에 다니기도 했던 1호는 2호가 학교에 들어가기 전까지 집에서 주로 한국어를 사용했다. 초등학교에 들어간 이후로 1, 2호 둘이선 네덜란드어로 대화하고 나에게는 한국어로 말한다.

하루는 여느 때와 마찬가지로 아이들을 데리러 학교에 갔다. 그런데 어디선가 익숙한 단어들이 들려왔다. 귀를 기울였다.

이놈의 쌔끼가.
바보래요.

소리 나는 쪽을 쳐다보니 내 새끼가 아니었다. 금발에

푸른 눈의 꼬맹이가 "이놈의 쌔끼가. 바보래요"를 반복하고 있었고, 마치 스테레오 사운드처럼 다른 쪽에서도 "이놈의 쌔끼가. 바보래요"가 들렸다.

이놈의 쌔끼가.
바보래요.

이쪽에서 한 소절이 끝나면 저쪽에서 다시 들어간다. 금발 머리, 파란 눈의 꼬맹이들이 단체로 돌림노래를 부르고 있었다. 너무 어이가 없어서 너털웃음이 터졌다. 벨기에 학교에서 이게 무슨 상황이란 말인가. 그렇게 돌림노래를 듣고 있는데 내 새끼가 저쪽에서 달려온다.

"엄마! 내가 애들한테 한국어 가르쳐 줬어! 잘했지?"

자랑스러워하는 아들을 보니 기가 막혀 헛웃음이 나왔다. 하필 가르쳐 준 말이 '이놈의 새끼가, 바보래요'다. 차마 잘했다고 칭찬을 할 수가 없다.

"이놈의 새끼가"는 1호가 말을 잘 안 들을 때 내가 가끔 쓰던 말이고, "바보래요"는 짐작하기로 TV에서 배운 듯하다. 엄마가 다른 나라 사람이라고 부끄러워하거나 기가 죽기는커녕 이런 한국말을 학교에 전파하는 인싸 아들을 자랑스러워해야 하나.

K-pop의 인기가 뜨겁고 한식이 세계적으로 퍼져 나가는 이 좋은 세상에 사는 것이 다행이고, 한국인인 것을 자랑스러워하는 것도 다행이고, 친구들에게 한국어를 가르쳐 주는 것도 신기한데… 그런데 앞으로 말조심을 해야겠다고 굳게 마음먹는다. 이러다 곧 벨기에의 금발머리 아이들이 "존맛탱", "갑분싸"를 외치며 돌아다닐지도 모르니.

엄마가 외국인이면 자식도 외국인

이민자가 점점 증가하고 있는 벨기에서 많은 사람들이 특히 주목하는 통계는 Autochtoon(원주민)과 Allochtoon(외국인)의 비율이다.[■] Allochtoon은 부모 중한 명이라도 외국에서 태어난 사람 즉, 이민 1세대와 2세대까지 포함한다. 따라서 나의 아이들은 벨기에의 통계학적 수치로 볼 때 나와 같은 외국인이다. 이 나라에서 태어나고 이 나라의 말을 일상생활에서 주로 사용하지만, 한국에서

■ Autochtoon은 고대 그리스어에서 기원한 단어로 Autos는 '자기'(본인)를, Chtoon은 '나라'를 뜻한다. 즉, 그 지역 원주민을 의미한다. Allochtoon의 Allos는 '다른'이라는 뜻으로 외국인을 나타낸다.

태어난 나와 같이 외국인의 범주에 들어간다.

나의 아이들은 한눈에 봐도 이곳 아이들과 다르다. 학교 친구들이 대부분 금발에 푸른 눈을 가진 것과 달리 1호와 2호는 검은 머리에 어두운 눈동자를 가지고 있다. 가끔 다른 학년의 아이들이 "너는 어느 나라 사람이야?"라고 묻는다고 한다. 어찌 보면 당연한 궁금증일 것이다. 비슷한 것보다는 다른 것이 훨씬 쉽게 눈에 띄는 법, 아이들은 분명히 그 다름이 가장 먼저 눈에 들어왔을 것이다.

그런데 이 질문에 아이들은 "나는 한국 사람이야"라고 대답했다고 했다. 아이들이 반은 한국인임을 잊지 않으면 좋겠다고 늘 생각해 왔지만, '한국인'이라고 대답한 것이 마냥 좋지만은 않았다. 내가 너무 "반은 한국인"임을 강조해 온 걸까? 물론 아이들이 한국 음식을 좋아하고 한국을 사랑하는 것이 대견하고 고맙다. 그러나 이곳에서 살아 갈 아이들이 반은 벨기에 사람이라는 사실도 자랑스러워했으면 좋겠다. 그래서 하루는 아이들에게 말했다. "엄마는 너희가 한국을 사랑하고 한국인이라고 말하는 게 기뻐. 그런데 너희가 반은 벨기에 사람이니까 벨기에도 한국만큼 좋아하면 좋겠어. 친구들에게 '엄마는 한국 사람이고, 아빠는 벨기에 사람이야'라고 말하면 어떨까?"

나는 내 아이들처럼 혼혈은 아니지만 두 나라 사이에 존재한다는 것이 어떤 느낌인지는 잘 알고 있다. 어쩌면 아이들은 벨기에와 한국 사이 어딘가에 있다는 불분명함이 싫어서 한국인이라고 말했는지도 모른다.

아이들이 외국인의 범주에 들어간다는 사실을 처음 알았을 때, 왠지 모르게 씁쓸했다. 아이들은 벨기에에서 태어난 벨기에인이다. 엄마가 한국인이라는 게 다를 뿐이다. 나는 이곳에서 나고 자란 내 아이들이 벨기에의 사회인구학적 통계가 정의하듯 '외국인'으로 살아가지 않았으면 좋겠다. 벨기에에서 살아갈 내 아이들이 "나는 한국인이야"로 말을 끝내지 않고, "그리고"로 또 다른 말을 이어 가기를 바란다. "나는 한국인이야, 그리고 벨기에인이야"라고.

한국인도 벨기에인도 아닌 누군가가 아니라, 한국인이기도 하고 벨기에인이기도 한 나의 아이들이 두 나라를 모두 마음에 품고 그 특별함을 자랑스러워했으면 좋겠다.

자식 키우는 최종 목적

2호가 가방에서 조심스럽게 무엇인가를 꺼낸다. 가방에서 나온 형체를 확인하는 순간, 내 입에서 땅이 꺼져라 한숨이 푹 나온다. 그것은 다름 아닌 곰 인형, 우리 집에 손님으로 오신 프루즐Froezel이다. 손님이니 버선발로 나가 환영해야겠지만 프루즐이라 그건 안 되겠다.

"엄마, 프루즐 우리 집에 또 왔어!"

"으악, 프루즐은 왜 또 우리 집에 왔어?"

달갑지 않다.

프루즐로 말할 것 같으면, 엄마들의 원망과 애증의 대

상이다. 프루즐은 일주일간 학급 아이들의 집을 돌며 가족들과 함께 생활한다. 아이는 프루즐과 먹고 자고 돌아다니며 사진을 찍어 책에 붙인다. 그리고 그 옆(혹은 아래)에 무슨 일을 했는지 적는다. 일종의 사진 일기다. 그럼 누가 사진을 찍고, 누가 인화를 해서, 누가 글을 쓰느냐! 7살짜리가 사진을 찍고 인화해서 글을 쓰진 않을 테니 분명 가족 중 사진을 찍고 인화할 수 있고 글도 유창하게 쓸 수 있는 누군가일 것이다.

다른 집 사정도 비슷해서 친구들의 사진 일기를 살펴보며 드는 생각은 '이 엄마 숙제 참 잘했네'다. 딱 봐도 어른 글씨다. 문제는 프루즐이 주로 일요일 저녁이 되어서야 등줄기를 싸하게 만드는 느낌과 함께 떠오른다는 것이다. 완전히 잊고 있다가 말이다. 당장 내일 가져가야 하니 엄마는 울며 겨자 먹기로 연필뿐만이 아니라 희미한 기억까지 부여잡고 한참 동안 일주일 치 사진 일기를 쓴다. 주중 활동은 아이만 나온 사진으로 붙이고 일요일 밤, 아이 품에 안긴 프루즐 사진을 급히 찍는다. 함께 찍은 사진을 그나마 한장이라도 건져서 다행이라 생각하며. 이런 망할 놈의 프루즐! 좋은 말이 나올 수가 없다. 도대체 이것이 몇 년째인가. 프루즐과 함께한 지가 벌써 3년, 잊을 만하면 다시 돌아온다.

이번에도 숙제를 하다 지친 나는 아들에게 말했다.

“죽이 되든 밥이 되든 네가 해라, 아들!”

다른 엄마들도 아이에게 직접 하도록 시키고 싶을 텐데 아무도 시작하지 않으니 다들 계속 숙제를 대신하고 있는 것이 분명하다. 내가 앞장서기로 마음먹었다. 뭘 해도 귀여운 2호는 아주 불쌍한 눈빛으로 나를 쳐다본다. 만년 아기 같은 막내의 저 눈빛은 필살기 중의 필살기, 엄마 마음 약하게 하는 최고의 무기다. 하지만 나는 한번 마음먹은 것은 꼭 하고야 마는 호랭이 엄마다!

“틀려도 돼. 잘 못하면 좀 어때? 엄마는 네가 직접 하는 게 제일 중요한 것 같아. 아들, 이제 아기 아니지? 혼자 글씨 쓸 수 있지? 해 보는 거야!”

삐뚤빼뚤, 조마조마. 처음엔 틀렸다고 연필로 찍찍 지우더니, 또 틀렸을 땐 결국 울음을 터트린다.

“으아아아아아앙, 또 틀렸어. 나 못 써! 또 틀릴 거야.”

“이거 봐. 벌써 한 장 다 채웠네. 이걸 네가 혼자 다 했잖아. 우와, 멋지다. 다른 아이들은 직접 쓴 게 아니라 엄마가 써 줬어. 직접 쓴 게 더 멋진 거지!”

틀린 부분에 판다 스티커를 하나 붙여 주니, 울던 아이가 씩 웃는다.

"틀린 건 이걸로 가려 줄게. 괜찮아! 할 수 있어!"

아이는 기특하게도 천천히, 서툰 솜씨로 두 장 반을 스스로 써 내려갔다. 사진 인화는 여전히 엄마 몫이지만 그래도 이게 어딘가. 프루즐이 우리 집에 와도 이제 걱정이 없겠다. 부디 내 아이가 쓴 두 페이지가 다른 엄마들의 일요일 저녁을 구해 주기를, 자녀의 숙제를 대신하는 일을 끝내는 시발점이 되었기를 바란다.

인간은 자녀를 보호하고 가르치는 역할을 보통 이십여 년 정도 한다. 부모마다 교육목표는 다를 텐데 나에게 있어 아이를 키우는 최종 목표는 자립과 독립이다. 그래서 나는 스스로 음식을 만들어 먹는 법, 빨래를 돌리고 널고 개는 법, 청소하는 법 같은 집안일을 배우는 것도 학교 공부만큼이나 중요하게 여긴다. 내가 평생 해 줄 수 없기 때문이고, 또한 미래의 동반자를 위해서도 이런 가르침은 필요하다.

1호는 4학년 때부터 스스로 도시락을 쌌다. 도시락이라 해 봤자 빵 사이에 치즈나 햄 등을 끼워 통에 넣는 게 다긴

하지만 매일 아침 정해진 시간에 일어나 자기가 먹을 음식을 직접 준비하는 것은 소중한 경험이다. 또 취미활동을 위해 매주 두 번 혼자 트램과 자전거를 타고 길을 오가고 있다. 아이들은 우리가 생각하는 것보다 더 똑똑하고 독립적이다. 스스로 해낼 기회를 준다면 우리의 예상보다 훨씬 잘할 수 있다고 믿는다.

또 하나 내가 매우 중요하게 생각하는 것은 사람들과 함께 살아갈 때의 자세다. 식사 예절, 다른 사람의 말을 경청하는 법, 타인에게 피해를 주지 않는 법 같은 것들. 집을 떠나 살아갈 때를 대비해야 한다. 실수를 해도 그냥 넘어가 주고, 무슨 말도 마냥 예쁘게 들어 주는 것은 집을 떠나면 더 이상 기대할 수 없다.

나는 내 아이들이 스스로를 '꽤 괜찮은 사람'이라고 여기며 근성과 끈기, 시도해 보려는 용기를 가진 사람으로 자라기를 바란다. 그래서 늘 '나는 할 수 있는 사람, 소중한 사람'이라는 생각을 심어 주려고 노력한다. 많이 안아 주고, 사랑한다고 표현하고, "너는 할 수 있어"라고 말해 준다. 물론 다른 사람도 너만큼 소중한 존재라고 말하는 것 또한 잊지 않는다. 내 아이들이 이 집을 떠나서도 스스로 자기

보금자리를 청소하고, 자기 입에 넣을 음식을 만들고, 자기 힘으로 벌어먹고, 주변 사람들과 자기 자신을 아낄 줄 아는 한 사람으로 서기를 바란다. 그렇게 성장한다면, 부모로서 가르쳐야 할 가장 중요한 덕목은 성공적으로 가르친 것이라고 생각한다.

내 아이들에게 이렇게 말해 주고 싶다.

"너는 내 소중한 아이로 태어났고, 그 어떤 일도 할 수 있는 가능성을 가졌어. 포기하지 않고 노력하면 네가 바라는 것을 이룰 수 있어. 너의 인생은 온전히 네 것이야. 너를 믿는 사람들이 네 옆에 있으니 너의 인생을 잘 꾸려 가기를 바라."

멍석이 없어서 못 놀지, 놀 줄 몰라 못 노나

천둥벌거숭이 같은 두 아들의 엄마.
세상 즐겁게 사는 베짱이의 아내.
학생들이 쪼금은 무서워하는 사서.

이 세 가지 역할을 충실히 감당하며 살았다. 그러다 어느 날 문득 그런 생각이 들었다. '아들 둘에 아들 같은 남편까지 둔 목메달 엄마인 나도 좋아하는 것이 있는데, 내가 좋아하는 건 언제 하지?'

엄마가 되니 내가 하고 싶은 일들은 점점 뒤로 밀린다. 나이가 들었다고 해서, 엄마가 되었다고 해서 재미있던 것이 재미없어지는 것은 아니다. 아이가 먼저가 되고, 남편이 먼저가 되고, 직장이 먼저가 되어 내가 좋아하는 것은 우선순위의 최하단에 자리 잡게 되는 것일 뿐.

챙겨야 할 누군가 없이, 나에게 자유로운 시간이 주어진다면 어떨까? 다시 아이가 된 것처럼 해맑게 웃으며 즐겁고 신나게 놀 수 있지 않을까? 그런 생각 끝에, 아이와 남편이 좋아하는 것 말고, 내가 좋아하는 것을 할 시간을 나에게 주자고 결심했다. 엄마와 아내이기 전에, 나도 좋아하는 것이 있는 한 사람인 것을 잊지 말아야겠다고 생각하면서. 꼬부랑 할머니가 되고 나서야 재미있는 것을 하게 된다면 그게 다 무슨 소용이란 말인가.

나보다 열 살이 많은데 엄청난 체력을 가진 동료가 있다. 50미터 수영장에서 전력으로 접영, 자유형, 평영을 오가며 두 시간 넘게 수영을 하고, 자전거를 타면 기본으로 100킬로를 달리는 그녀가 너무나 부럽고 또 멋져 보였다. 한때 철인3종경기도 참가했던 그녀는 육아에 지쳐 점점 쭈그러져 가는 나 자신을 돌아보게 했다.

나는 어릴 적부터 자전거 타는 것을 좋아했다. 자전거

를 타고 있으면 이 세상 끝까지라도 갈 수 있을 것 같았고, 끝없는 자유를 느꼈다. 다시 자전거가 타고 싶었다. 고민에 고민을 거듭하다 결국 큰맘먹고 자전거를 사기로 했다. 그런데 가격이 만만치 않았다. 그렇게 비싼 무언가를 오롯이 나를 위해 사 본 적이 한 번도 없었다. 운동이라면 질색하는 베짱이에게 절대로 함께 타자고 하지 않는다는 조건을 달고 생전 처음으로 나를 위해 거금을 들였다.

본전을 뽑으려면 시간을 내서라도 밖으로 나가야 했는데, 고담시티 같은 벨기에는 해가 쨍쨍한 날이 많지 않았다. 그렇다고 비싼 돈 주고 구입한 자전거를 집에 모셔 둘 수는 없어서 비가 오는 날도 산으로 들로 놀러 다녔다. 하늘도 보고, 구름도 보고, 지나가는 토끼도 보고, 나무와 풀도 보았다. 비를 맞으면서도 그게 그렇게 좋을 수가 없었다. 숨구멍이 트이는 것 같았다. 끝없이 페달을 구르다 보면, 내가 지금 어디에 있는지, 내가 누구의 엄마인지, 내일 무엇을 해야 하는지를 잊었다. 챙겨야 할 아이들 학교 준비물과 숙제 생각도 사라졌다. 그저 페달을 밟는 나만 존재했다.

2022년 여름, 혼자서 하는 자전거 여행을 계획했다. 벨기에, 네덜란드, 독일, 3개국 360킬로를 자전거로 횡단하는

3박 4일 일정이었다. 정말로 밥 먹고 자전거만 타는 여행이었다. 철인3종경기에 참여했던 동료가 같이 가기로 했다가 막판에 사정이 생겨 함께하지 못하게 되었을 때, 특별히 아쉽지는 않았다. 원래 혼자 가기로 계획한 여행이 아니었던가. 오히려 염려는 동료 쪽에서 했다. 자전거 장거리 여행 경험 없이 300킬로가 넘는 길을 혼자 가는 것은 아니라며 극구 말렸다. 다음에 함께 가자면서, 만약 바퀴에 펑크가 나거나 사고라도 나면 어쩔 거냐고 물었다. 나는 경쾌하게 대답했다.

"그건 그때 가서 생각하면 되지!"

한번 마음먹은 것은 반드시 해야 하고, 남의 말은 징그럽게 안 듣는 성격답게 나는 결국 혼자 떠났다. 걱정은 걱정할 일이 생긴 다음에 하기로 했다. 사실 사고는 어디서든 날 수 있다. 가장 안전할 것 같은 내 집에서도 넘어져 다리가 부러질 수 있다. 사고가 날까 걱정돼서, 다리 부러질까 봐 무서워서 밖으로 안 나갈 수는 없지 않나. 바퀴에 펑크가 나면 유튜브를 보며 고치면 되고, 이상한 사람을 만나면 몸도 튼튼하겠다 그간 배운 호신술로 어찌하면 되지 않을까? 벌어지지도 않은 일을 미리 염려할 필요가 없다고 생각했다.

사람이 죽으라는 법은 없고, 하늘이 무너져도 솟아날 구멍은 있다는데 일단 해 보고 안 되면 그때 가서 해결하면 될 일이었다.

첫날 125킬로를 탔다. 다음 날 일어났을 때, 마치 코끼리가 나를 밟고 지나간 기분이었지만 그마저도 행복했다. 해 뜨면 출발해서 저녁 먹을 때까지 하루 종일 페달을 굴렸다. 내가 멈추고 싶을 때 멈추고, 내가 다시 가고 싶을 때 페달을 밟았다. 신나게 자전거 페달을 구르다, 어느 날은 경로를 바꿔 물 좋다는 온천에 가서 노곤한 몸을 풀기도 하고, 길바닥에서 혼자 밥을 먹기도 했다. 이렇게 자유로울 수가. 그렇게도 좋아하는 자전거를 다리에 쥐가 나서 더 이상 탈 수 없을 때까지 탔다. 내 몸 하나만 건사하면 되고 내가 좋아하는 것만 해도 되는 것이 얼마나 오랜만이었는지. 그 여행에서 다짐했다. 지금까지는 내가 좋아하는 것을 맨 뒤에 두었지만, 앞으로는 그러지 말자고. 좋아하는 것을 하며 나의 행복을 찾는 사람이 되자고. 이제는 엄마, 아내, 직장인 말고 나 자신을 사랑하는 사람이 되자고.

그리고 그런 다짐을 한 나에게 자전거 메이트가 생겼

다. 올해 초 1호에게 중고자전거를 사 주었고, 여름방학 동안 둘이 2박 3일 일정으로 벨기에서 네덜란드까지, 200킬로가 넘는 여행을 다녀왔다. 그 조그만 것이 포기하지 않고 완주를 했다. 엄마를 위해 더 무거운 가방까지 짊어지고 말이다. 가는 곳마다 큰 배낭에 쫄쫄이 바지를 입고 자전거를 타는 엄마와 아들의 조합을 신기해했고, 꼭 완주하라는 응원을 받았다. 한번은 식당에서 볶음밥을 포장해 숲으로 가져왔는데, 숟가락 달라는 말을 깜빡해 손으로 먹어야 했다. 그러면서도 뭐가 그리 신나는지 서로 깔깔대며 웃었다. 재밌는 일은 함께 하면 더 재미있다.

엄마라서 안 놀고 싶은 것이 아니라 멍석을 안 깔아 줘서 못 노는 것뿐이다. 이제라도 잘 놀아 봐야지.

잘 살고 있다

이곳 와플국에 뿌리를 내리려 정말 열심히도 노력했다. 24살 새색시, 무직의 언어 연수자, 공장 노동자, 워라밸은 전혀 없는 미국 회사 직장인, 박물관 보안직원, 매일 울며 퇴근하던 외국인관리청 공무원, 하루 종일 색목인의 벗은 몸만 보는 시립 수영장 계산원, 영혼까지 갈아 넣고 일한 빈민가 도서관 사서, 아기 안고 울며 공부하던 대학원생, 한숨 돌릴 수 있던 구립도서관의 사서에서 재능 있고 똑똑한 사람 가득한 학술도서관의 사서까지. 그뿐인가. 숨 쉴 시간도 없던 육아와, 내 아들에게 "칭챙총"이라 하는 아이들을 향한 참 교육, 두 아이가 끈기와 용기를 배우길 바라며 꾸준히 함께 한 운동 등 엄마로서도 나름 최선을 다했다. 달리고 또 달렸다. 그러는 사이 1년이 2년이 되었고, 눈을 다시 한번 깜빡하니 이곳에서 보낸 시간이 어느새 17년이 되어 있었다. 낯설었던 것들은 이제 익숙해졌다. 그리고 익숙했던 어떤 것들은 낯설어졌다.

　벨기에에 살면서도 나는 한국인으로서의 정체성을 한 번도 의심한 적이 없다. 동양인이 거의 없는 이곳에서 익명으로 숨는다는 것은 불가능했고, 주변의 벨기에인들에게 나는 그들이 아는 유일한 한국인이다. 그런데 내가 한국인 정체성을 놓치지 않고 살아가는 동안 내 안마당 같았던 한국이 낯설게 변했다.

　지금의 한국은 더 이상 내가 알던 한국이 아니다. 유행하는 패션을, 유명하다는 아이돌을, 요즘 핫하다는 동네를 나는 잘 모른다. 한국에 가면 나는 그저 한국말을 하는, 한국인처럼 생긴 사람이라는 느낌이 든다. 낯선 것들이 익숙해지는 것은 편안함을 주지만, 익숙했던 것을 잃는 느낌은 불편함이 아닌 슬픔이다.

한국에서 나고 자란 나는 완벽한 벨기에인이 될 수 없다. 그리고 벨기에에서 17년을 보낸 이제는 한국에 있어도 완전한 한국인이 될 수 없다. 나는 그 사이 어딘가에 존재하는 사람이다. 어디에 있어도 완벽하게 그곳의 사람이라고 할 수 없는, 그런 사람. 그러다 문득 깨달았다. '어디에 속하는가'가 그렇게 중요한 것일까? 한국도 벨기에도 아닌, 그 사이의 어딘가에 있는 사람, 그것이 나의 정체성이며 그 '사이'가 내가 속한 곳이다. 그래, 그러면 좀 어떠한가. 그렇다고 해서 나 자신이 없어지는 것도, 내 정체성이 흔들리는 것도 아닌데. 어쩌면 나는 피카츄에서 라이츄로 변한 것일지도 모른다. 원래의 모습과 특징은 간직한 채, 다른 능력들을 얻게 된 포켓몬들의 진화처럼 말이다.

익숙함과 낯섦 사이에서 한 가지 변하지 않은 것은 내

가 사랑받는 존재라는 사실이다. 한국에 갈 때면 시간을 내어 달려와 주는, 어제 만난 것처럼 친숙한 학창 시절 친구들이 있고, 외국에서 밥 못 먹고 다닐까 봐 아침부터 저녁까지 소화될 틈 없이 먹을 것을 해서 주시는 부모님과, 내가 귀국했다고 귀한 것, 좋은 것을 바리바리 싸 가지고 오는 일가친척들이 있다. 그리고 벨기에에는 내가 가는 길을 항상 응원해 주는 친구들과, 고민이 많을 때 잠을 못 자 무릎까지 내려온 다크서클을 달고 나타나면 자기 일처럼 걱정해 주는 동료들이 있다. 아이들 덕에 알게 되었지만 이제는 서로의 집에서 함께 밥을 해 먹는 아이들 친구의 엄마들도 있다. 나는 한국과 벨기에, 모두에서 사랑받고 있다.

자란 곳은 한국이고 사는 곳은 벨기에인 사람으로, 그저 그 사이 어딘가에 있는 사람으로 잘 살고 있다면 그것으로 충분하지 않을까. 나는 '나'로 잘 살고 있다.

노빠꾸 상여자의 벨기에 생존기

초판 1쇄 인쇄 2026년 1월 1일
초판 1쇄 발행 2026년 1월 23일

글 송영인
펴낸이 홍지애
펴낸곳 꿈꾸는인생
주소 경기도 안양시 동안구 부림로 121 901-127호
전화 070-4046-2371
팩스 02-6008-4874
이메일 lifewithdream@naver.com

© 꿈꾸는인생, 2026

ISBN 979-11-91018-34-9 (03810)